# Voltaire

## *Micromégas* (1752)
## *Jeannot et Colin* (1764)

Texte intégral

LE DOSSIER

**Le conte philosophique**

L'ENQUÊTE

**L'astronomie au XVIII$^{e}$ siècle**

Collection dirigée par
**Bertrand Louët**

Notes et dossier
**Nouamane Djellal**
Certifiée de lettres modernes

Hatier

# Sommaire

OUVERTURE

*L'astronome allemand Hévélius (1611-1687) observe le ciel avec un télescope. Gravure de 1647. Paris, BNF.*


ISBN : 978-2-218-93976-1

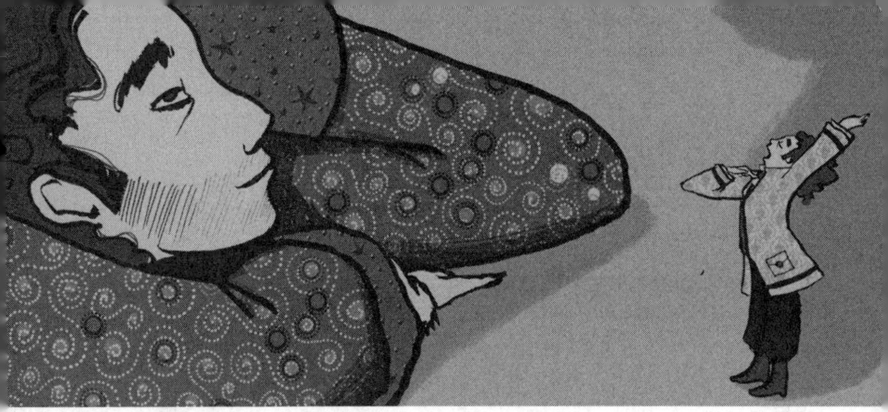

# *Deux contes de Voltaire*



* Tous les mots suivis d'un astérisque sont expliqués dans le lexique p. 89.

# Micromégas

## Les personnages principaux

### MICROMÉGAS

C'est un géant de trente-deux kilomètres de haut. Son nom se compose de deux éléments d'origine grecque, signifiant « petit » (*micro*) et « grand » (*megas*). Micromégas est un extraterrestre originaire de Sirius, la plus éclatante des étoiles. Il est très savant puisqu'il sait parler mille langues. Âgé de 450 ans, c'est encore un tout jeune homme condamné à l'exil pour hérésie.

### LE SECRÉTAIRE DE L'ACADÉMIE DES SCIENCES

C'est un « nain » de deux kilomètres de haut. Il se montre un peu rapide pour tirer ses conclusions scientifiques, mais c'est un bon compagnon de voyage.

## Les personnages secondaires

**LES TERRIENS :** Tout comme Micromégas, ils sont à la fois petits et grands. Ils paraissent petits comme des insectes, mais se révèlent grands par leur capacité de raisonnement. Cependant, la confrontation avec Micromégas met en lumière leur prétention ridicule face à la sagesse dont fait preuve le géant grâce à ses qualités d'observateur.

## L'action

Micromégas, à la suite de travaux scientifiques contestés par des fanatiques religieux, est contraint à l'exil. C'est alors qu'il décide de parcourir l'univers à la recherche d'un monde meilleur. À son arrivée sur Saturne, il se lie d'amitié avec le secrétaire de l'Académie des sciences.

Les deux compagnons visitent Jupiter puis Mars, avant d'atterrir sur la Terre. Pensant au départ que cette toute petite planète était inhabitée, ils finissent par réussir à communiquer avec les humains. Impressionnés par les propos que tiennent ces « microbes » au sujet du pouvoir infini que Dieu leur a donné, ils reprennent très vite leur voyage interstellaire, non sans avoir laissé aux Terriens un cadeau surprenant.

ROMANS
ET
CONTES
DE
M. DE VOLTAIRE.
TOME TROISIEME.

A BOUILLON,
AUX DÉPENS DE LA SOCIÉTÉ TYPOGRAPHIQUE.
M. DCC. LXXVIII.

*Frontispice du tome 3 des* Romans et Contes de M. de Voltaire, *1778. Paris, BNF.*

## Quel est le but ?

Voltaire utilise le conte pour illustrer ses idées philosophiques. L'aventure initiatique de Micromégas montre que c'est de la découverte du monde, de l'observation et du voyage que naît la sagesse. L'autre idée centrale est que rien dans le monde n'a de valeur absolue : tout est relatif.

# Jeannot et Colin

## Les personnages principaux

**JEANNOT**
Il est le fils d'un riche marchand de mulets. Élevé en province, il débarque à Paris et se dépêche d'oublier les valeurs d'amitié de son enfance. Il devient vaniteux et ne pense plus qu'à danser et à chanter.

**COLIN**
À l'inverse, Colin est le fils d'un laboureur. C'est un garçon très humble et fidèle en amitié.

## L'action

Jeannot et Colin sont amis d'enfance dans la ville d'Issoire, en Auvergne. Vers la fin de ses études, Jeannot reçoit de ses parents, qui se sont subitement enrichis, des habits de marquis et une invitation à les rejoindre à Paris. Très fier de son allure et de la vie qui l'attend, Jeannot tourne le dos avec mépris à Colin.

Devenu un jeune homme, Jeannot ne sait rien faire car il n'a rien appris. Il décide d'épouser une jeune veuve qui ne pense qu'à faire main basse sur la fortune de ses parents. Lorsque M. et Mme de la Jeannotière apprennent qu'ils sont ruinés, Jeannot est abandonné par tous ses anciens amis. Désespéré, il rencontre finalement Colin, heureux en ménage et en affaires…

Les quatre heures de la journée : les Vêpres ou l'Orage, *peinture de Louis-Joseph Watteau (1774). Valenciennes, musée des Beaux-Arts.*

## Quel est le but ?

Voltaire démontre dans ce conte que « le bonheur n'est pas dans la vanité ». Il y fait aussi l'éloge de l'amitié, valeur primordiale, et de la vie à la campagne.

# Qui est l'auteur ?

## François-Marie Arouet, dit Voltaire

### ● À L'ÉCOLE DES JÉSUITES

Voltaire naît en 1694 à Paris dans un milieu bourgeois aisé, et meurt en 1778. Fils d'un conseiller du roi, il fait de brillantes études chez les jésuites, avant d'entamer des études de droit, comme son père. Mais il les néglige bientôt, préférant écrire des tragédies et devenir écrivain.

### ● DU CACHOT À LA COUR

Comme son personnage Micromégas, Voltaire a bien connu l'exil et la prison en raison de ses écrits. Ses relations avec de grands monarques se sont souvent terminées par la disgrâce, à cause de sa liberté de pensée et de sa verve critique. C'est en exil à Cirey (en 1734), auprès de Mme du Châtelet, qu'il se passionne pour la science, notamment l'astronomie, et qu'il rédige ses premiers contes pour divertir les habitants du château.

### ● UN MILITANT DU XVIIIe SIÈCLE

Voltaire incarne le philosophe du XVIIIe siècle. Partout en Europe, il ne cesse de lutter contre le fanatisme religieux, symbole à ses yeux d'intolérance et d'injustice. Il s'engage dans plusieurs campagnes judiciaires afin que justice soit rendue.

| | | | | | |
|---|---|---|---|---|---|
| | **1694** | **1726** | **1734** | **1736** | **1745** |
| **VIE DE VOLTAIRE** | Naissance de Voltaire | Incarcération à la Bastille puis exil en Angleterre. *Lettres philosophiques* | Exil à Cirey | Correspondance avec Frédéric II, futur roi de Prusse | Voltaire, historiographe du roi |
| | **1715** | **1721** | **1723** | **1737** | **1740** |
| **HISTOIRE ET LETTRES** | Mort de Louis XIV | Montesquieu, *Lettres persanes* | Début du règne de Louis XV | Voltaire présente les progrès en astronomie dans *Éléments de la philosophie de Newton* | Guerre de Succession d'Autriche |

# Que se passe-t-il à l'époque ?

## Sur le plan politique

### ● LA PROSPÉRITÉ DE L'EUROPE

Elle est due au commerce triangulaire qui connaît son apogée au XVIIIe siècle. Les navires européens chargés de marchandises destinées à l'achat des esclaves se rendent sur les côtes africaines où ont lieu les transactions. Puis ils traversent l'Atlantique pour rejoindre les Antilles et le continent américain où sont vendus les captifs. Enfin ils repartent en Europe, chargés des productions coloniales.

### ● L'ANNONCE DE LA RÉVOLUTION

Les guerres perdues et le manque d'autorité de Louis XVI entraînent une lente dissolution de la monarchie. La proclamation de la république des États-Unis d'Amérique (1776) précède de peu la Révolution française (1789).

## Dans le domaine des lettres

### ● LES LUMIÈRES

Ce mouvement intellectuel du XVIIIe siècle marque le continent européen. La France tient un rôle important dans la défense de cet idéal cosmopolite qui vise à faire reculer l'obscurantisme.

### ● LA PRÉCARITÉ DES ÉCRIVAINS

Un livre ne peut paraître en France sans privilège, sans avoir été approuvé par un censeur du roi. Mais le privilège ne le met pas à l'abri de la censure.

### ● LE SUCCÈS DES FORMES BRÈVES

Les formes brèves (lettres, contes, portraits) sont en plein essor. La littérature semble moins soucieuse de respecter les règles que de chercher à produire une prise de conscience des lecteurs.

| 1747 | 1752 | 1759 | 1760 | 1778 |
|---|---|---|---|---|
| *Zadig*, premier conte | Parution de *Micromégas* (sans doute rédigé autour de 1737) | *Candide* | Voltaire renonce à la cour et s'installe à Ferney | Mort de Voltaire |

| 1751 | 1755 | 1756 | 1774 | 1789 |
|---|---|---|---|---|
| Première parution de l'*Encyclopédie* (interdiction définitive en 1759) | Rousseau, *Discours sur l'origine de l'inégalité* | Guerre de Sept Ans | Début du règne de Louis XVI | Révolution française |

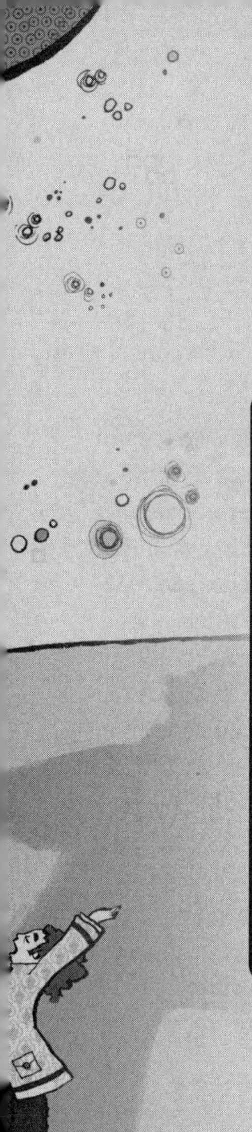

# *Deux contes de Voltaire*

# Micromégas

## Chapitre premier

### Voyage d'un habitant du monde de l'étoile Sirius dans la planète de Saturne

Dans une de ces planètes qui tournent autour de l'étoile nommée Sirius[1], il y avait un jeune homme de beaucoup d'esprit, que j'ai eu l'honneur de connaître dans le dernier voyage qu'il fit sur notre petite fourmilière ; il s'appelait Micromégas[2], nom qui convient fort à tous les grands. Il avait huit lieues[3] de haut : j'entends, par huit lieues, vingt-quatre mille pas géométriques de cinq pieds chacun.

Quelques algébristes, gens toujours utiles au public, prendront sur-le-champ la plume, et trouveront que, puisque monsieur Micromégas, habitant du pays de Sirius, a de la tête aux pieds vingt-quatre mille pas, qui font cent vingt mille pieds de roi[4], et que nous autres, citoyens de la terre, nous n'avons guère que cinq pieds, et que notre globe a neuf mille lieues de tour, ils trouveront, dis-je, qu'il faut absolument que le globe qui l'a produit ait au juste vingt et un millions six cent mille fois plus de circonférence que notre petite terre. Rien n'est plus simple et plus ordinaire dans la nature. Les États de quelques souverains d'Alle-

1. Vue de la Terre, Sirius est l'étoile la plus brillante du ciel après le Soleil.
2. **Micromégas** : petit-grand (du grec *micros*, « petit » et *megas*, « grand ».
3. **Lieue** : ancienne mesure de distance équivalant environ à 4 km.
4. **Un pied de roi** = 0,324 m ; un pas = 5 pieds. Micromégas mesure donc 38 800 m.

magne ou d'Italie, dont on peut faire le tour en u[illegible] comparés à l'empire de Turquie, de Moscovie ou [illegible] sont qu'une très faible image des prodigieuses dif[illegible] nature a mises dans tous les êtres.

La taille de Son Excellence étant de la hauteur que j'ai dite, tous nos sculpteurs et tous nos peintres conviendront sans peine que sa ceinture peut avoir cinquante mille pieds de roi de tour : ce qui fait une très jolie proportion.

Quant à son esprit, c'est un des plus cultivés que nous ayons ; il sait beaucoup de choses ; il en a inventé quelques-unes ; il n'avait pas encore deux cent cinquante ans, et il étudiait, selon la coutume, au collège des jésuites de sa planète, lorsqu'il devina, par la force de son esprit, plus de cinquante propositions d'Euclide. C'est dix-huit de plus que Blaise Pascal●, lequel, après en avoir deviné trente-deux en se jouant, à ce que dit sa sœur, devint depuis un géomètre assez médiocre, et un fort mauvais métaphysicien. Vers les quatre cent cinquante ans, au sortir de l'enfance, il disséqua beaucoup de ces petits insectes qui n'ont pas cent pieds de diamètre, et qui se dérobent aux microscopes ordinaires ; il en composa un livre fort curieux, mais qui lui fit quelques affaires. Le muphti[1] de son pays, grand vétillard[2], et fort ignorant, trouva dans son livre des propositions suspectes, malsonnantes, téméraires, hérétiques, sentant l'hérésie[3], et le poursuivit vivement : il s'agissait de savoir si la forme substantielle des puces de Sirius était de même nature que celle des colimaçons. Micromégas se défendit avec esprit ; il mit les femmes de son côté ; le procès

1. **Muphti** : juriste musulman.
2. **Vétillard** : chicaneur.
3. **Hérésie** : opinion contraire à ce qui est communément admis.

● **Euclide est un mathématicien grec du IIIe siècle apr. J.-C. Blaise Pascal est un savant, penseur et écrivain français du XVIIe siècle.**

ura deux cent vingt ans. Enfin le muphti fit condamner le livre par des jurisconsultes qui ne l'avaient pas lu, et l'auteur eut ordre de ne paraître à la cour de huit cents années.

Il ne fut que médiocrement affligé d'être banni d'une cour qui n'était remplie que de tracasseries et de petitesses. Il fit une chanson fort plaisante contre le muphti, dont celui-ci ne s'embarrassa guère ; et il se mit à voyager de planète en planète, pour achever de se former *l'esprit et le cœur*[1], comme l'on dit. Ceux qui ne voyagent qu'en chaise de poste ou en berline seront sans doute étonnés des équipages de là-haut car nous autres, sur notre petit tas de boue, nous ne concevons rien au-delà de nos usages. Notre voyageur connaissait merveilleusement les lois de la gravitation, et toutes les forces attractives et répulsives. Il s'en servait si à propos que, tantôt à l'aide d'un rayon du soleil, tantôt par la commodité d'une comète, il allait de globe en globe, lui et les siens, comme un oiseau voltige de branche en branche. Il parcourut la voie lactée en peu de temps, et je suis obligé d'avouer qu'il ne vit jamais à travers les étoiles dont elle est semée ce beau ciel empyrée[2] que l'illustre vicaire Derham[3] se vante d'avoir vu au bout de sa lunette. Ce n'est pas que je prétende que Monsieur Derham ait mal vu, à Dieu ne plaise ! mais Micromégas était sur les lieux, c'est un bon observateur, et je ne veux contredire personne. Micromégas, après avoir bien tourné, arriva dans le globe de Saturne. Quelque accoutumé qu'il fût à voir des choses nouvelles, il ne put d'abord, en voyant la petitesse du globe et de ses habitants, se défendre de ce sourire de supériorité qui échappe quelquefois aux plus sages.

1. **L'esprit et le cœur** : cliché à la mode au XVIII^e^ siècle.
2. **Empyrée** : dans l'Antiquité, sphère céleste où résidaient les dieux.
3. Dans la théorie astronomique, Derham tente de prouver l'existence de Dieu par les merveilles de la nature.

Car enfin Saturne n'est guère que neuf cents fois plus gros que la terre, et les citoyens de ce pays-là sont des nains qui n'ont que mille toises● de haut ou environ. Il s'en moqua un peu d'abord avec ses gens, à peu près comme un musicien italien se met à rire de la musique de Lulli quand il vient en France. Mais comme le Sirien avait un bon esprit, il comprit bien vite qu'un être pensant peut fort bien n'être pas ridicule pour n'avoir que six mille pieds de haut. Il se familiarisa avec les Saturniens, après les avoir étonnés. Il lia une étroite amitié avec le secrétaire de l'Académie de Saturne, homme de beaucoup d'esprit, qui n'avait à la vérité rien inventé, mais qui rendait un fort bon compte des inventions des autres, et qui faisait passablement de petits [vers] et de grands calculs. Je rapporterai ici, pour la satisfaction des lecteurs, une conversation singulière que Micromégas eut un jour avec M. le secrétaire.

## Chapitre second

### Conversation de l'habitant de Sirius avec celui de Saturne

Après que Son Excellence se fut couchée, et que le secrétaire se fut approché de son visage : « Il faut avouer, dit Micromégas, que la nature est bien variée. – Oui, dit le Saturnien ; la nature est comme un parterre dont les fleurs... – Ah ! dit l'autre, laissez là votre parterre. – Elle est, reprit le secrétaire, comme une assem-

● **Étymologiquement, le mot *toise* signifie l'« étendue des bras ». La toise mesure donc la distance entre le bout des doigts, les deux bras étendus. En France, elle servait à mesurer la taille humaine. Comme elle valait 1,94 m, le Saturnien mesure donc 1 940 m.**

blée de blondes et de brunes, dont les parures... – Eh ! qu'ai-je à faire de vos brunes ? dit l'autre. – Elle est donc comme une galerie de peintures dont les traits... – Eh non ! dit le voyageur ; encore une fois, la nature est comme la nature. Pourquoi lui chercher des comparaisons ? – Pour vous plaire, répondit le secrétaire. – Je ne veux point qu'on me plaise, répondit le voyageur ; je veux qu'on m'instruise : commencez d'abord par me dire combien les hommes de votre globe ont de sens. – Nous en avons soixante et douze, dit l'académicien ; et nous nous plaignons tous les jours du peu. Notre imagination va au-delà de nos besoins ; nous trouvons qu'avec nos soixante et douze sens, notre anneau, nos cinq lunes[1], nous sommes trop bornés ; et, malgré toute notre curiosité et le nombre assez grand de passions qui résultent de nos soixante et douze sens, nous avons tout le temps de nous ennuyer. – Je le crois bien, dit Micromégas ; car dans notre globe nous avons près de mille sens, et il nous reste encore je ne sais quel désir vague, je ne sais quelle inquiétude, qui nous avertit sans cesse que nous sommes peu de chose, et qu'il y a des êtres beaucoup plus parfaits. J'ai un peu voyagé ; j'ai vu des mortels fort au-dessous de nous ; j'en ai vu de fort supérieurs ; mais je n'en ai vu aucuns qui n'aient plus de désirs que de vrais besoins, et plus de besoins que de satisfaction. J'arriverai peut-être un jour au pays où il ne manque rien ; mais jusqu'à présent personne ne m'a donné de nouvelles positives de ce pays-là. » Le Saturnien et le Sirien s'épuisèrent alors en conjectures[2] ; mais, après beaucoup de raisonnements fort ingénieux et fort incertains, il en fallut revenir aux faits. « Combien de temps vivez-vous ? dit le Sirien. – Ah ! bien peu, répliqua le petit homme de Saturne. – C'est tout comme

1. On a découvert aujourd'hui 60 satellites de Saturne.
2. **Conjectures** : hypothèses.

chez nous, dit le Sirien ; nous nous plaignons toujours du peu. Il faut que ce soit une loi universelle de la nature. – Hélas ! nous ne vivons, dit le Saturnien, que cinq cents grandes révolutions du soleil. (Cela revient à quinze mille ans ou environ, à compter à notre manière.) Vous voyez bien que c'est mourir presque au moment que l'on est né ; notre existence est un point, notre durée un instant, notre globe un atome. À peine a-t-on commencé à s'instruire un peu que la mort arrive avant qu'on ait de l'expérience. Pour moi, je n'ose faire aucuns projets ; je me trouve comme une goutte d'eau dans un océan immense. Je suis honteux, surtout devant vous, de la figure ridicule que je fais dans ce monde. »

Micromégas lui repartit : « Si vous n'étiez pas philosophe, je craindrais de vous affliger en vous apprenant que notre vie est sept cents fois plus longue que la vôtre ; mais vous savez trop bien que quand il faut rendre son corps aux éléments, et ranimer la nature sous une autre forme, ce qui s'appelle mourir ; quand ce moment de métamorphose est venu, avoir vécu une éternité, ou avoir vécu un jour, c'est précisément la même chose. J'ai été dans les pays où l'on vit mille fois plus longtemps que chez moi, et j'ai trouvé qu'on y murmurait encore. Mais il y a partout des gens de bon sens qui savent prendre leur parti et remercier l'auteur de la nature. Il a répandu sur cet univers une profusion de variétés avec une espèce d'uniformité admirable. Par exemple tous les êtres pensants sont différents, et tous se ressemblent au fond par le don de la pensée et des désirs. La matière est partout étendue ; mais elle a dans chaque globe des propriétés diverses. Combien comptez-vous de ces propriétés diverses dans votre matière ? – Si vous parlez de ces propriétés, dit le Saturnien, sans lesquelles nous croyons que ce globe ne pourrait subsister tel qu'il est, nous en comptons trois cents, comme l'étendue, l'impénétrabilité, la mobilité, la gravitation, la divisibilité, et le reste. – Apparemment, répliqua le voyageur, que ce petit nombre suffit aux vues que le Créateur avait sur votre petite habitation. J'admire en tout sa sagesse ; je vois partout des différences, mais aussi partout des proportions. Votre globe est petit, vos habitants le sont aussi ; vous avez peu de sensations ; votre matière a peu de propriétés ; tout cela est l'ouvrage de la Providence. De quelle couleur est votre soleil bien examiné ? – D'un blanc fort jaunâtre, dit le Saturnien ; et quand nous divisons un de ses rayons, nous trouvons qu'il contient sept couleurs. – Notre soleil tire sur le rouge, dit le Sirien, et nous avons trente-neuf couleurs primitives. Il n'y a pas un soleil, parmi tous ceux dont j'ai approché, qui se ressemble, comme chez vous il n'y a pas un visage qui ne soit différent de tous les autres. »

Après plusieurs questions de cette nature, il s'informa combien de substances essentiellement différentes on comptait dans Saturne. Il apprit qu'on n'en comptait qu'une trentaine, comme Dieu, l'espace, la matière, les êtres étendus qui sentent, les êtres étendus qui sentent et qui pensent, les êtres pensants qui n'ont point d'étendue, ceux qui se pénètrent, ceux qui ne se pénètrent pas, et le reste. Le Sirien, chez qui on en comptait trois cents, et qui en avait découvert trois mille autres dans ses voyages, étonna prodigieusement le philosophe de Saturne. Enfin, après s'être communiqué l'un à l'autre un peu de ce qu'ils savaient et beaucoup de ce qu'ils ne savaient pas, après avoir raisonné pendant une révolution du soleil, ils résolurent de faire ensemble un petit voyage philosophique.

# Chapitre troisième

## Voyage des deux habitants de Sirius et de Saturne

Nos deux philosophes étaient prêts à s'embarquer dans l'atmosphère de Saturne avec une fort jolie provision d'instruments mathématiques, lorsque la maîtresse du Saturnien, qui en eut des nouvelles, vint en larmes faire ses remontrances. C'était une jolie petite brune qui n'avait que six cent soixante toises, mais qui réparait par bien des agréments la petitesse de sa taille. « Ah ! cruel ! s'écria-t-elle, après t'avoir résisté quinze cents ans, lorsque enfin je commençais à me rendre, quand j'ai à peine passé cent ans entre tes bras, tu me quittes pour aller voyager avec un géant d'un autre monde ; va, tu n'es qu'un curieux, tu n'as jamais eu d'amour : si tu étais un vrai Saturnien, tu serais fidèle. Où vas-tu courir ? Que veux-tu ? Nos cinq lunes sont moins errantes que toi, notre anneau est moins changeant. Voilà qui est fait, je n'aimerai jamais plus personne. » Le philosophe l'embrassa, pleura avec elle, tout philosophe qu'il était ; et la dame, après s'être pâmée, alla se consoler avec un petit-maître[1] du pays.

Cependant nos deux curieux partirent ; ils sautèrent d'abord sur l'anneau, qu'ils trouvèrent assez plat, comme l'a fort bien deviné un illustre habitant de notre petit globe ; de là ils allèrent de lune en lune. Une comète passait tout auprès de la dernière ; ils s'élancèrent sur elle avec leurs domestiques et leurs instruments. Quand ils eurent fait environ cent cinquante millions de lieues, ils rencontrèrent les satellites de Jupiter. Ils passèrent dans Jupiter même, et y restèrent une année, pendant laquelle ils apprirent de fort beaux secrets qui seraient actuellement sous

1. **Petit-maître** : jeune élégant maniéré et prétentieux.

presse sans messieurs les inquisiteurs, qui ont trouvé quelques propositions un peu dures. Mais j'en ai lu le manuscrit dans la bibliothèque de l'illustre archevêque de..., qui m'a laissé voir ses livres avec cette générosité et cette bonté qu'on ne saurait assez louer.

Mais revenons à nos voyageurs. En sortant de Jupiter, ils traversèrent un espace d'environ cent millions de lieues, et ils côtoyèrent la planète de Mars, qui, comme on sait, est cinq fois plus petite que notre petit globe ; ils virent deux lunes qui servent à cette planète, et qui ont échappé aux regards de nos astronomes. Je sais bien que le père Castel écrira, et même assez plaisamment, contre l'existence de ces deux lunes ; mais je m'en rapporte à ceux qui raisonnent par analogie. Ces bons philosophes-là savent combien il serait difficile que Mars, qui est si loin du soleil, se passât à moins de deux lunes. Quoi qu'il en soit, nos gens trouvèrent cela si petit qu'ils craignirent de n'y pas trouver de quoi coucher, et ils passèrent leur chemin comme deux voyageurs qui dédaignent un mauvais cabaret de village et poussent jusqu'à la ville voisine. Mais le Sirien et son compagnon se repentirent bientôt. Ils allèrent longtemps, et ne trouvèrent rien. Enfin ils aperçurent une petite lueur : c'était la terre ; cela fit pitié à des gens qui venaient de Jupiter. Cependant, de peur de se repentir une seconde fois, ils résolurent de débarquer. Ils passèrent sur la queue de la comète, et, trouvant une aurore boréale[1] toute prête, ils se mirent dedans, et arrivèrent à terre sur le bord septentrional de la mer Baltique, le cinq juillet mil sept cent trente-sept, nouveau style.

1. **Aurore boréale** : phénomène lumineux fréquent dans les régions polaires.

# Chapitre quatrième

## Ce qui leur arrive sur le globe de la terre

Après s'être reposés quelque temps, ils mangèrent à leur déjeuner deux montagnes, que leurs gens leur apprêtèrent assez proprement. Ensuite ils voulurent reconnaître le petit pays où ils étaient. Ils allèrent d'abord du nord au sud. Les pas ordinaires du Sirien et de ses gens étaient d'environ trente mille pieds de roi ; le nain de Saturne suivait de loin en haletant ; or il fallait qu'il fît environ douze pas, quand l'autre faisait une enjambée : figurez-vous (s'il est permis de faire de telles comparaisons) un très petit chien de manchon qui suivrait un capitaine des gardes du roi de Prusse.

Comme ces étrangers-là vont assez vite, ils eurent fait le tour du globe en trente-six heures ; le soleil, à la vérité, ou plutôt la terre, fait un pareil voyage en une journée ; mais il faut songer qu'on va bien plus à son aise quand on tourne sur son axe que quand on marche sur ses pieds. Les voilà donc revenus d'où ils étaient partis, après avoir vu cette mare, presque imperceptible pour eux, qu'on nomme *la Méditerranée*, et cet autre petit étang qui, sous le nom du *grand Océan*, entoure la taupinière. Le nain n'en avait eu jamais qu'à mi-jambe, et à peine l'autre avait-il mouillé son talon. Ils firent tout ce qu'ils purent en allant et en revenant dessus et dessous pour tâcher d'apercevoir si ce globe était habité ou non. Ils se baissèrent, ils se couchèrent, ils tâtèrent partout ; mais leurs yeux et leurs mains n'étant point proportionnés aux petits êtres qui rampent ici, ils ne reçurent pas la moindre sensation qui pût leur faire soupçonner que nous et nos confrères les autres habitants de ce globe avons l'honneur d'exister.

Le nain, qui jugeait quelquefois un peu trop vite, décida d'abord qu'il n'y avait personne sur la terre. Sa première raison était qu'il n'avait vu personne. Micromégas lui fit sentir poliment que c'était raisonner assez mal : « Car, disait-il, vous ne voyez pas avec vos petits yeux certaines étoiles de la cinquantième grandeur que j'aperçois très distinctement ; concluez-vous de là que ces étoiles n'existent pas ? – Mais, dit le nain, j'ai bien tâté. – Mais, répondit l'autre, vous avez mal senti. – Mais, dit le nain, ce globe-ci est si mal construit, cela est si irrégulier et d'une forme qui me paraît si ridicule ! tout semble être ici dans le chaos : voyez-vous ces petits ruisseaux dont aucun ne va de droit fil, ces étangs qui ne sont ni ronds, ni carrés, ni ovales, ni sous aucune forme régulière ; tous ces petits grains pointus dont ce globe est hérissé, et qui m'ont écorché les pieds ? (Il voulait parler des montagnes.) Remarquez-vous encore la forme de tout le globe, comme il est plat aux pôles, comme il tourne autour du soleil d'une manière gauche, de façon que les climats des pôles sont nécessairement incultes[1] ? En vérité, ce qui fait que je pense qu'il n'y a ici personne, c'est qu'il me paraît que des gens de bon sens ne voudraient pas y demeurer. – Eh bien, dit Micromégas, ce ne sont peut-être pas non plus des gens de bon sens qui l'habitent. Mais enfin il y a quelques apparence que ceci n'est pas fait pour rien. Tout vous paraît irrégulier ici, dites-vous, parce que tout est tiré au cordeau dans Saturne et dans Jupiter. Eh ! c'est peut-être par cette raison-là même qu'il y a ici un peu de confusion. Ne vous ai-je pas dit que dans mes voyages j'avais toujours remarqué de la variété ? » Le Saturnien répliqua à toutes ces raisons. La dispute n'eût jamais fini, si par bonheur Micromégas, en s'échauffant à parler, n'eût cassé le fil de son collier de diamants. Les diamants tombèrent ; c'étaient de jolis petits carats assez inégaux, dont les plus gros

1. **Incultes** : stériles.

pesaient quatre cents livres, et les plus petits cinquante. Le nain en ramassa quelques-uns ; il s'aperçut, en les approchant de ses yeux, que ces diamants, de la façon dont ils étaient taillés, étaient d'excellents microscopes. Il prit donc un petit microscope de cent soixante pieds de diamètre, qu'il appliqua à sa prunelle ; et Micromégas en choisit un de deux mille cinq cent pieds. Ils étaient excellents ; mais d'abord on ne vit rien par leur secours : il fallait s'ajuster. Enfin l'habitant de Saturne vit quelque chose d'imperceptible qui remuait entre deux eaux dans la mer Baltique : c'était une baleine. Il la prit avec le petit doigt fort adroitement ; et la mettant sur l'ongle de son pouce, il la fit voir au Sirien, qui se mit à rire pour la seconde fois de l'excès de petitesse dont étaient les habitants de notre globe. Le Saturnien, convaincu que notre monde est habité, s'imagina bien vite qu'il ne l'était que par des baleines ; et comme il était grand raisonneur, il voulut deviner d'où un si petit atome tirait son mouvement, s'il avait des idées, une volonté, une liberté. Micromégas y fut fort embarrassé ; il examina l'animal fort patiemment, et le résultat de l'examen fut qu'il n'y avait pas moyen de croire qu'une âme fut logée là. Les deux voyageurs inclinaient donc à penser qu'il n'y a point d'esprit dans notre habitation, lorsqu'à l'aide du microscope ils aperçurent quelque chose d'aussi gros qu'une baleine qui flottait sur la mer Baltique. On sait que dans ce temps-là même une volée de philosophes revenait du cercle polaire[1], sous lequel ils avaient été faire des observations dont personne ne s'était avisé jusqu'alors. Les gazettes dirent que leur vaisseau échoua aux côtes de Botnie, et qu'ils eurent bien de la peine à se sauver ; mais on ne sait jamais dans ce monde le dessous des cartes. Je vais raconter ingénument comme la chose se passa, sans y rien mettre du mien, ce qui n'est pas un petit effort pour un historien.

1. Allusion à l'expédition de Maupertuis (1736-1737).

## Chapitre cinquième

### Expériences et raisonnements des deux voyageurs

Micromégas étendit la main tout doucement vers l'endroit où l'objet paraissait, et avançant deux doigts, et les retirant par la crainte de se tromper, puis les ouvrant et les serrant, il saisit fort adroitement le vaisseau qui portait ces messieurs, et le mit encore sur son ongle, sans le trop presser, de peur de l'écraser. « Voici un animal bien différent du premier », dit le nain de Saturne ; le Sirien mit le prétendu animal dans le creux de sa main. Les passagers et les gens de l'équipage, qui s'étaient crus enlevés par un ouragan, et qui se croyaient sur une espèce de rocher, se mettent tous en mouvement ; les matelots prennent des tonneaux de vin, les jettent sur la main de Micromégas, et se précipitent après. Les géomètres prennent leurs quarts de cercle, leurs secteurs[1], et des filles lapones[2], et descendent sur les doigts du Sirien. Ils en firent tant qu'il sentit enfin remuer quelque chose qui lui chatouillait les doigts : c'était un bâton ferré qu'on lui enfonçait d'un pied dans l'index ; il jugea, par ce picotement, qu'il était sorti quelque chose du petit animal qu'il tenait ; mais il n'en soupçonna pas d'abord davantage. Le microscope, qui faisait à peine discerner une baleine et un vaisseau, n'avait point de prise sur un être aussi imperceptible que des hommes. Je ne prétends choquer ici la vanité de personne, mais je suis obligé de prier les importants de faire ici une petite remarque avec moi ; c'est qu'en prenant la taille des hommes d'environ cinq pieds, nous ne faisons pas sur la terre une plus grande figure qu'en ferait sur une boule de dix pieds de tour un

1. **Leurs quarts de cercle, leurs secteurs** : instruments d'astronomie.
2. Deux Lapones furent effectivement ramenées à Paris par l'expédition de Maupertuis.

Gravure de Charles Monnet (1732-1808) pour *Micromégas*, 1778. Paris, BNF.

animal qui aurait à peu près la six cent millième partie d'un pouce en hauteur. Figurez-vous une substance qui pourrait tenir la terre dans sa main, et qui aurait des organes en proportion des nôtres ; et il se peut très bien faire qu'il y ait un grand nombre de ces substances : or concevez, je vous prie, ce qu'elles penseraient de ces batailles qui nous ont valu deux villages qu'il a fallu rendre.

Je ne doute pas que si quelque capitaine des grands grenadiers lit jamais cet ouvrage, il ne hausse de deux grands pieds au moins les bonnets de sa troupe ; mais je l'avertis qu'il aura beau faire, et que lui et les siens ne seront jamais que des infiniment petits.

Quelle adresse merveilleuse ne fallut-il donc pas à notre philosophe de Sirius pour apercevoir les atomes dont je viens de parler ? Quand Leuwenhoek et Hartsoeker[1] virent les premiers, ou crurent voir, la graine dont nous sommes formés, ils ne firent pas à beaucoup près une si étonnante découverte. Quel plaisir sentit Micromégas en voyant remuer ces petites machines, en examinant tous leurs tours, en les suivant dans toutes leurs opérations ! comme il s'écria ! comme il mit avec joie un de ses microscopes dans les mains de son compagnon de voyage ! « Je les vois, disaient-ils tous deux à la fois ; ne les voyez-vous pas qui portent des fardeaux, qui se baissent, qui se relèvent ? » En parlant ainsi les mains leur tremblaient, par le plaisir de voir des objets si nouveaux, et par la crainte de les perdre. Le Saturnien, passant d'un excès de défiance à un excès de crédulité, crut apercevoir qu'ils travaillaient à la propagation. *Ah ! disait-il, j'ai pris la nature sur le fait.* Mais il se trompait sur les apparences : ce qui n'arrive que trop, soit qu'on se serve ou non de microscopes.

1. **Leuwenhoek et Hartsoeker** : deux savants hollandais du XVIII$^{e}$ siècle, rendus célèbres par leurs expériences sur les spermatozoïdes.

## Chapitre sixième

### Ce qui leur arriva avec des hommes

Micromégas, bien meilleur observateur que son nain, vit clairement que les atomes se parlaient ; et il le fit remarquer à son compagnon, qui, honteux de s'être mépris sur l'article de la génération, ne voulut point croire que de pareilles espèces pussent se communiquer des idées. Il avait le don des langues aussi bien que le Sirien ; il n'entendait point parler nos atomes, et il supposait qu'ils ne parlaient pas. D'ailleurs, comment ces êtres imperceptibles auraient-ils les organes de la voix, et qu'auraient-ils à dire ? Pour parler, il faut penser, ou à peu près ; mais s'ils pensaient, ils auraient donc l'équivalent d'une âme. Or, attribuer l'équivalent d'une âme à cette espèce, cela lui paraissait absurde. « Mais, dit le Sirien, vous avez cru tout à l'heure qu'ils faisaient l'amour ; est-ce que vous croyez qu'on puisse faire l'amour sans penser et sans proférer quelque parole, ou du moins sans se faire entendre ? Supposez- vous d'ailleurs qu'il soit plus difficile de produire un argument qu'un enfant ? Pour moi, l'un et l'autre me paraissent de grands mystères. – Je n'ose plus ni croire ni nier, dit le nain ; je n'ai plus d'opinion. Il faut tâcher d'examiner ces insectes, nous raisonnerons après. – C'est fort bien dit », reprit Micromégas ; et aussitôt il tira une paire de ciseaux dont il se coupa les ongles, et d'une rognure de l'ongle de son pouce, il fit sur-le-champ une espèce de grande trompette parlante, comme un vaste entonnoir, dont il mit le tuyau dans son oreille. La circonférence de l'entonnoir enveloppait le vaisseau et tout l'équipage. La voix la plus faible entrait dans les fibres circulaires de l'ongle ; de sorte que, grâce à son industrie[1],

1. **Industrie** : ingéniosité.

le philosophe de là-haut entendit parfaitement le bourdonnement de nos insectes de là-bas. En peu d'heures il parvint à distinguer les paroles, et enfin à entendre le français. Le nain en fit autant, quoique avec plus de difficulté. L'étonnement des voyageurs redoublait à chaque instant. Ils entendaient des mites parler d'assez bon sens : ce jeu de la nature leur paraissait inexplicable. Vous croyez bien que le Sirien et son nain brûlaient d'impatience de lier conversation avec les atomes ; il craignait que sa voix de tonnerre, et surtout celle de Micromégas, n'assourdît les mites sans en être entendue. Il fallait en diminuer la force. Ils se mirent dans la bouche des espèces de petits cure-dents, dont le bout fort effilé venait donner auprès du vaisseau. Le Sirien tenait le nain sur ses genoux, et le vaisseau avec l'équipage sur un ongle ; il baissait la tête et parlait bas. Enfin, moyennant toutes ces précautions et bien d'autres encore, il commença ainsi son discours :

« Insectes invisibles, que la main du Créateur s'est plu à faire naître dans l'abîme de l'infiniment petit, je le remercie de ce qu'il a daigné me découvrir des secrets qui semblaient impénétrables. Peut-être ne daignerait-on pas vous regarder à ma cour ; mais je ne méprise personne, et je vous offre ma protection. »

Si jamais il y a eu quelqu'un d'étonné, ce furent les gens qui entendirent ces paroles. Ils ne pouvaient deviner d'où elles partaient. L'aumônier du vaisseau récita les prières des exorcismes[1], les matelots jurèrent, et les philosophes du vaisseau firent un système ; mais quelque système qu'ils fissent, ils ne purent jamais deviner qui leur parlait. Le nain de Saturne, qui avait la voix plus douce que Micromégas, leur apprit alors en peu de mots à quelles espèces ils avaient affaire. Il leur conta le voyage de Saturne, les mit au fait de ce qu'était monsieur Micromégas ; et, après les

1. **Prières des exorcismes** : prières pour chasser le démon.

avoir plaints d'être si petits, il leur demanda s'ils avaient toujours été dans ce misérable état si voisin de l'anéantissement, ce qu'ils faisaient dans un globe qui paraissait appartenir à des baleines, s'ils étaient heureux, s'ils multipliaient[1], s'ils avaient une âme, et cent autres questions de cette nature.

Un raisonneur de la troupe, plus hardi que les autres, et choqué de ce qu'on doutait de son âme, observa l'interlocuteur avec des pinnules[2] braquées sur un quart de cercle, fit deux stations, et à la troisième il parla ainsi : « Vous croyez donc, monsieur, parce que vous avez mille toises depuis la tête jusqu'aux pieds, que vous êtes un... – Mille toises ! s'écria le nain ; juste ciel ! d'où peut-il savoir ma hauteur ? mille toises ! Il ne se trompe pas d'un pouce ; quoi ! cet atome m'a mesuré ! il est géomètre, il connaît ma grandeur ; et moi, qui ne le vois qu'à travers un microscope, je ne connais pas encore la sienne ! – Oui, je vous ai mesuré, dit le physicien, et je mesurerai bien encore votre grand compagnon. » La proposition fut acceptée ; Son Excellence se coucha de son long : car, s'il se fût tenu debout, sa tête eût été trop au-dessus des nuages. Nos philosophes lui plantèrent un grand arbre dans un endroit que le docteur Swift● nommerait, mais que je me garderai bien d'appeler par son nom, à cause de mon grand respect pour les dames. Puis, par une suite de triangles liés ensemble, ils conclurent que ce qu'ils voyaient était en effet un jeune homme de cent vingt mille pieds de roi.

Alors Micromégas prononça ces paroles : « Je vois plus que jamais qu'il ne faut juger de rien sur sa grandeur apparente.

1. **S'ils multipliaient** : s'il se multipliaient.
2. **Pinnules** : petites plaques métalliques élevées perpendiculairement sur les deux côtés de la boîte d'un compas de variation, percées d'un petit trou ou d'une fente, qui permettent de prendre des alignements.

● **Il s'agit de l'écrivain anglais Jonathan Swift (1667-1745), l'auteur des *Voyages de Gulliver* (1726).**

Ô Dieu ! qui avez donné une intelligence à des substances qui paraissent si méprisables, l'infiniment petit vous coûte aussi peu que l'infiniment grand ; et, s'il est possible qu'il y ait des êtres plus petits que ceux-ci, ils peuvent encore avoir un esprit supérieur à ceux de ces superbes animaux que j'ai vus dans le ciel, dont le pied seul couvrirait le globe où je suis descendu. »

Un des philosophes lui répondit qu'il pouvait en toute sûreté croire qu'il est en effet des êtres intelligents beaucoup plus petits que l'homme. Il lui conta, non pas tout ce que Virgile[1] a dit de fabuleux sur les abeilles, mais ce que Swammerdam[2] a découvert, et ce que Réaumur[3] a disséqué. Il lui apprit enfin qu'il y a des animaux qui sont pour les abeilles ce que les abeilles sont pour l'homme, ce que le Sirien lui-même était pour ces animaux si vastes dont il parlait, et ce que ces grands animaux sont pour d'autres substances devant lesquelles ils ne paraissent que comme des atomes. Peu à peu la conversation devint intéressante, et Micromégas parla ainsi.

## Chapitre septième

### Conversation avec les hommes

« Ô atomes intelligents, dans qui l'Être éternel[4] s'est plu à manifester son adresse et sa puissance, vous devez sans doute goûter des joies bien pures sur votre globe : car, ayant si peu de matière, et paraissant tout esprit, vous devez passer votre vie

1. **Virgile** : auteur latin du Ier siècle av. J.-C.
2. **Swammerdam** : naturaliste hollandais du XVIIIe siècle, passionné par les insectes.
3. **Réaumur** : scientifique français du XVIIIe siècle, qui s'intéressait à des sujets très variés, dont l'étude des insectes.
4. **L'Être éternel** : Dieu.

à aimer et à penser ; c'est la véritable vie des esprits. Je n'ai vu nulle part le vrai bonheur ; mais il est ici, sans doute. » À ce discours, tous les philosophes secouèrent la tête ; et l'un d'eux, plus franc que les autres, avoua de bonne foi que, si l'on en excepte un petit nombre d'habitants fort peu considérés, tout le reste est un assemblage de fous, de méchants et de malheureux. « Nous avons plus de matière qu'il ne nous en faut, dit-il, pour faire beaucoup de mal, si le mal vient de la matière ; et trop d'esprit, si le mal vient de l'esprit. Savez-vous bien, par exemple, qu'à l'heure que je vous parle, il y a cent mille fous de notre espèce, couverts de chapeaux, qui tuent cent mille autres animaux couverts d'un turban●, ou qui sont massacrés par eux, et que, presque par toute la terre, c'est ainsi qu'on en use de temps immémorial ? » Le Sirien frémit, et demanda quel pouvait être le sujet de ces horribles querelles entre de si chétifs animaux. « Il s'agit, dit le philosophe, de quelque tas de boue grand comme votre talon. Ce n'est pas qu'aucun de ces millions d'hommes qui se font égorger prétende un fétu sur ce tas de boue. Il ne s'agit que de savoir s'il appartiendra à un certain homme qu'on nomme *Sultan*, ou à un autre qu'on nomme, je ne sais pourquoi, *César*. Ni l'un ni l'autre n'a jamais vu ni ne verra jamais le petit coin de terre dont il s'agit ; et presque aucun de ces animaux qui s'égorgent mutuellement n'a jamais vu l'animal pour lequel ils s'égorgent.

– Ah ! malheureux ! s'écria le Sirien avec indignation, peut-on concevoir cet excès de rage forcenée ! Il me prend envie de faire trois pas, et d'écraser de trois coups de pied toute cette fourmilière d'assassins ridicules. – Ne vous en donnez pas la peine, lui répondit-on ; ils travaillent assez à leur ruine. Sachez qu'au bout

● Voltaire fait ici allusion à la guerre qui, de 1736 à 1739, opposa l'Autriche, la Russie et la Turquie.

de dix ans, il ne reste jamais la centième partie de ces misérables ; sachez que, quand même ils n'auraient pas tiré l'épée, la faim, la fatigue ou l'intempérance[1] les emportent presque tous. D'ailleurs, ce n'est pas eux qu'il faut punir, ce sont ces barbares sédentaires qui du fond de leur cabinet ordonnent, dans le temps de leur digestion, le massacre d'un million d'hommes, et qui ensuite en font remercier Dieu solennellement. » Le voyageur se sentait ému de pitié pour la petite race humaine, dans laquelle il découvrait de si étonnants contrastes. « Puisque vous êtes du petit nombre de sages, dit-il à ces messieurs, et qu'apparemment vous ne tuez personne pour de l'argent, dites-moi, je vous en prie, à quoi vous vous occupez. – Nous disséquons des mouches, dit le philosophe, nous mesurons des lignes, nous assemblons des nombres ; nous sommes d'accord sur deux ou trois points que nous entendons[2], et nous disputons[3] sur deux ou trois mille que nous n'entendons pas. » Il prit aussitôt fantaisie au Sirien et au Saturnien d'interroger ces atomes pensants, pour savoir les choses dont ils convenaient. « Combien comptez-vous, dit-il, de l'étoile de la Canicule à la grande étoile des Gémeaux ? » Ils répondirent tous à la fois : « Trente-deux degrés et demi. – Combien comptez-vous d'ici à la lune ? – Soixante demi-diamètres de la terre en nombre rond. – Combien pèse votre air ? » Il croyait les attraper, mais tous lui dirent que l'air pèse environ neuf cents fois moins qu'un pareil volume de l'eau la plus légère, et dix-neuf cents fois moins que l'or de ducat. Le petit nain de Saturne, étonné de leurs réponses, fut tenté de prendre pour des sorciers ces mêmes gens auxquels il avait refusé une âme un quart d'heure auparavant.

1. **Intempérance** : abus des plaisirs.
2. **Entendons** : comprenons.
3. **Disputons** : débattons.

Enfin Micromégas leur dit : « Puisque vous savez si bien ce qui est hors de vous, sans doute vous savez encore mieux ce qui est en dedans. Dites-moi ce que c'est que votre âme, et comment vous formez vos idées. » Les philosophes parlèrent tous à la fois comme auparavant ; mais ils furent tous de différents avis. Le plus vieux citait Aristote, l'autre prononçait le nom de Descartes ; celui-ci, de Malebranche ; cet autre, de Leibniz ; cet autre, de Locke●. Un vieux péripatéticien[1] dit tout haut avec confiance : « L'âme est un entéléchie[2], et une raison par qui elle a la puissance d'être ce qu'elle est. C'est ce que déclare expressément Aristote, page 633 de l'édition du Louvre. Εντελεχεῖ ἐστι[3]. – Je n'entends pas trop bien le grec, dit le géant. – Ni moi non plus, dit la mite philosophique. – Pourquoi donc, reprit le Sirien, citez-vous un certain Aristote en grec ? – C'est, répliqua le savant, qu'il faut bien citer ce qu'on ne comprend point du tout dans la langue qu'on entend le moins. »

Le cartésien[4] prit la parole, et dit : « L'âme est un esprit pur qui a reçu dans le ventre de sa mère toutes les idées métaphysiques, et qui, en sortant de là, est obligée d'aller à l'école, et d'apprendre tout de nouveau ce qu'elle a si bien su, et qu'elle ne saura plus. – Ce n'était donc pas la peine, répondit l'animal de huit lieues, que ton âme fût si savante dans le ventre de ta mère, pour être si ignorante quand tu aurais de la barbe au menton. Mais qu'entends-tu par esprit ? – Que me demandez-vous là ? dit le raisonneur ; je n'en ai point d'idée ; on dit que ce n'est pas de la matière. – Mais sais-tu au moins ce que c'est que de la matière ? – Très bien, répondit l'homme. Par exemple cette

1. **Péripatéticien** : disciple d'Aristote.
2. **Entéléchie** : forme parfaite.
3. « C'est une forme parfaite. »
4. **Cartésien** : disciple de Descartes.

● **Aristote : philosophe grec du IVe siècle av. J.-C. Descartes : philosophe et savant français (1596-1650) ; Malebranche : philosophe et théologien français (1638-1715) ; Leibniz : philosophe allemand (1646-1716) ; Locke : philosophe anglais (1632-1704).**

pierre est grise, et d'une telle forme, elle a ses trois dimensions, elle est pesante et divisible. – Eh bien ! dit le Sirien, cette chose qui te paraît être divisible, pesante, et grise, me dirais-tu bien ce que c'est ? Tu vois quelques attributs ; mais le fond de la chose, le connais-tu ? – Non, dit l'autre. – Tu ne sais donc point ce que c'est que la matière. »

Alors monsieur Micromégas, adressant la parole à un autre sage qu'il tenait sur son pouce, lui demanda ce que c'était que son âme, et ce qu'elle faisait. « Rien du tout, répondit le philosophe malebranchiste[1] ; c'est Dieu qui fait tout pour moi : je vois tout en lui, je fais tout en lui ; c'est lui qui fait tout sans que je m'en mêle. – Autant vaudrait ne pas être, reprit le sage de Sirius. Et toi, mon ami, dit-il à un Leibnizien[2] qui était là, qu'est-ce que ton âme ? – C'est, répondit le Leibnizien, une aiguille qui montre les heures pendant que mon corps carillonne, ou bien, si vous voulez, c'est elle qui carillonne pendant que mon corps montre l'heure ; ou bien mon âme est le miroir de l'univers, et mon corps est la bordure du miroir : cela est clair. »

Un petit partisan de Locke était là tout auprès ; et quand on lui eut enfin adressé la parole : « Je ne sais pas, dit-il, comment je pense, mais je sais que je n'ai jamais pensé qu'à l'occasion de mes sens. Qu'il y ait des substances immatérielles et intelligentes, c'est de quoi je ne doute pas ; mais qu'il soit impossible à Dieu de communiquer la pensée à la matière, c'est de quoi je doute fort. Je révère la puissance éternelle ; il ne m'appartient pas de la borner : je n'affirme rien ; je me contente de croire qu'il y a plus de choses possibles qu'on ne pense. »

1. **Malebranchiste** : disciple de Malebranche.
2. **Leibnizien** : disciple de Leibniz.

L'animal de Sirius sourit : il ne trouva pas celui-là le moins sage ; et le nain de Saturne aurait embrassé le sectateur[1] de Locke sans l'extrême disproportion. Mais il y avait là, par malheur, un petit animalcule en bonnet carré[2] qui coupa la parole à tous les animalcules philosophes ; il dit qu'il savait tout le secret, que cela se trouvait dans la *Somme* de saint Thomas[3] ; il regarda de haut en bas les deux habitants célestes ; il leur soutint que leurs personnes, leurs mondes, leurs soleils, leurs étoiles, tout était fait uniquement pour l'homme. À ce discours, nos deux voyageurs se laissèrent aller l'un sur l'autre en étouffant de ce rire inextinguible qui, selon Homère[4], est le partage des dieux : leurs épaules et leurs ventres allaient et venaient, et dans ces convulsions le vaisseau, que le Sirien avait sur son ongle, tomba dans une poche de la culotte du Saturnien. Ces deux bonnes gens le cherchèrent longtemps ; enfin ils retrouvèrent l'équipage, et le rajustèrent fort proprement. Le Sirien reprit les petites mites ; il leur parla encore avec beaucoup de bonté, quoiqu'il fût un peu fâché dans le fond du cœur de voir que les infiniment petits eussent un orgueil presque infiniment grand. Il leur promit de leur faire un beau livre de philosophie écrit fort menu pour leur usage, et que, dans ce livre, ils verraient le bout des choses. Effectivement, il leur donna ce volume avant son départ : on le porta à Paris à l'Académie des sciences ; mais, quand le secrétaire l'eut ouvert, il ne vit rien qu'un livre tout blanc : « Ah ! dit-il, je m'en étais bien douté. »

Voltaire, *Micromégas*, 1752.

1. **Sectateur** : partisan.
2. Les docteurs en théologie de la Sorbonne portaient des bonnets carrés.
3. **Saint Thomas d'Aquin** : philosophe et théologien italien (1228-1274), auteur de la *Somme théologique*.
4. **Homère** : poète grec du IXe siècle av. J.-C., auteur de l'*Iliade* et de l'*Odyssée*.

# Jeannot et Colin

Plusieurs personnes dignes de foi ont vu Jeannot et Colin à l'école dans la ville d'Issoire, en Auvergne, ville fameuse dans tout l'univers par son collège et par ses chaudrons. Jeannot était fils d'un marchand de mulets très renommé, et Colin devait le jour à un brave laboureur des environs, qui cultivait la terre avec quatre mulets, et qui, après avoir payé la taille, le taillon, les aides et gabelles, le sou pour livre, la capitation et les vingtièmes[1], ne se trouvait pas puissamment riche au bout de l'année.

Jeannot et Colin étaient fort jolis pour des Auvergnats ; ils s'aimaient beaucoup, et ils avaient ensemble de petites privautés[2], de petites familiarités, dont on se ressouvient toujours avec agrément quand on se rencontre ensuite dans le monde.

Le temps de leurs études était sur le point de finir, quand un tailleur apporta à Jeannot un habit de velours à trois couleurs, avec une veste de Lyon de fort bon goût ; le tout était accompagné d'une lettre à monsieur de La Jeannotière. Colin admira l'habit, et ne fut point jaloux ; mais Jeannot prit un air de supériorité qui affligea Colin. Dès ce moment Jeannot n'étudia plus, se regarda au miroir, et méprisa tout le monde. Quelque temps après un valet de chambre arrive en poste[3], et apporte une seconde lettre à monsieur le marquis de La Jeannotière : c'était un ordre de monsieur son père de faire venir monsieur son fils à Paris. Jeannot

1. Impôts de l'Ancien Régime.
2. **Privautés** : familiarités.
3. **En poste** : avec des chevaux de poste, la poste désignant des relais de chevaux établis sur les routes pour le service des voyageurs.

monta en chaise[1] en tendant la main à Colin avec un sourire de protection assez noble. Colin sentit son néant, et pleura. Jeannot partit dans toute la pompe de sa gloire.

Les lecteurs qui aiment à s'instruire doivent savoir que monsieur Jeannot le père avait acquis assez rapidement des biens immenses dans les affaires. Vous demandez comment on fait ces grandes fortunes ? C'est parce qu'on est heureux[2]. Monsieur Jeannot était bien fait, sa femme aussi, et elle avait encore de la fraîcheur. Ils allèrent à Paris pour un procès qui les ruinait, lorsque la fortune, qui élève et qui abaisse les hommes à son gré, les présenta à la femme d'un entrepreneur des hôpitaux des armées, homme d'un grand talent, et qui pouvait se vanter d'avoir tué plus de soldats en un an que le canon n'en fait périr en dix. Jeannot plut à madame ; la femme de Jeannot plut à monsieur. Jeannot fut bientôt de part dans l'entreprise ; il entra dans d'autres affaires. Dès qu'on est dans le fil de l'eau, il n'y a qu'à se laisser aller ; on fait sans peine une fortune immense. Les gredins, qui du rivage vous regardent voguer à pleines voiles, ouvrent des yeux étonnés ; ils ne savent comment vous avez pu parvenir ; ils vous envient au hasard, et font contre vous des brochures que vous ne lisez point. C'est ce qui arriva à Jeannot le père, qui fut bientôt monsieur de La Jeannotière, et qui ayant acheté un marquisat au bout de six mois, retira de l'école monsieur le marquis son fils, pour le mettre à Paris dans le beau monde.

Colin, toujours tendre, écrivit une lettre de compliments à son ancien camarade, et lui fit ces lignes pour le congratuler[3]. Le petit marquis ne lui fit point de réponse : Colin en fut malade de douleur.

1. **En chaise** : en voiture de poste.
2. **On est heureux** : on a de la chance.
3. **Congratuler** : féliciter.

Le père et la mère donnèrent d'abord un gouverneur[1] au jeune marquis : ce gouverneur, qui était un homme du bel air, et qui ne savait rien, ne put rien enseigner à son pupille. Monsieur voulait que son fils apprît le latin, madame ne le voulait pas. Ils prirent pour arbitre un auteur qui était célèbre alors par des ouvrages agréables. Il fut prié à dîner. Le maître de la maison commença par lui dire d'abord : « Monsieur, comme vous savez le latin, et que vous êtes un homme de la cour... – Moi, monsieur, du latin ! je n'en sais pas un mot, répondit le bel esprit, et bien m'en a pris ; il est clair qu'on parle beaucoup mieux sa langue quand on ne partage pas son application entre elle et les langues étrangères. Voyez toutes nos dames, elles ont l'esprit plus agréable que les hommes ; leurs lettres sont écrites avec cent fois plus de grâce ; elles n'ont sur nous cette supériorité que parce qu'elles ne savent pas le latin.

– Eh bien ! n'avais-je pas raison ? dit madame. Je veux que mon fils soit un homme d'esprit, qu'il réussisse dans le monde ; et vous voyez bien que, s'il savait le latin, il serait perdu. Joue-t-on, s'il vous plaît, la comédie et l'opéra en latin ? Plaide-t-on en latin quand on a un procès ? Fait-on l'amour en latin ? » Monsieur, ébloui de ces raisons, passa condamnation[2], et il fut conclu que le jeune marquis ne perdrait point son temps à connaître Cicéron, Horace, et Virgile[3]. « Mais qu'apprendra-t-il donc ? car encore faut-il qu'il sache quelque chose ; ne pourrait-on pas lui montrer un peu de géographie ? – À quoi cela lui servira-t-il ? répondit le gouverneur. Quand monsieur le marquis ira dans ses terres les postillons[4] ne sauront-ils pas les chemins ? ils ne

1. **Gouverneur** : précepteur.
2. **Passa condamnation** : accepta d'avance les arguments de la partie adverse.
3. Auteurs latins du Ier siècle av. J.-C.
4. **Postillons** : conducteurs de voitures de poste.

l'égareront certainement pas. On n'a pas besoin d'un quart de cercle pour voyager, et on va très commodément de Paris en Auvergne, sans qu'il soit besoin de savoir sous quelle latitude on se trouve.

– Vous avez raison, répliqua le père ; mais j'ai entendu parler d'une belle science qu'on appelle, je crois, l'astronomie. – Quelle pitié ! repartit le gouverneur ; se conduit-on par les astres dans ce monde ? et faudra-t-il que monsieur le marquis se tue à calculer une éclipse, quand il la trouve à point nommé dans l'almanach, qui lui enseigne de plus les fêtes mobiles, l'âge de la lune, et celui de toutes les princesses de l'Europe ? »

Madame fut entièrement de l'avis du gouverneur. Le petit marquis était au comble de la joie ; le père était très indécis. « Que faudra-t-il donc apprendre à mon fils ? disait-il. – À être aimable, répondit l'ami que l'on consultait ; et s'il sait les moyens de plaire, il saura tout : c'est un art qu'il apprendra chez madame sa mère, sans que ni l'un ni l'autre se donnent la moindre peine. »

Madame, à ce discours, embrassa le gracieux ignorant, et lui dit : « On voit bien, monsieur, que vous êtes l'homme du monde le plus savant ; mon fils vous devra toute son éducation : je m'imagine pourtant qu'il ne serait pas mal qu'il sût un peu d'histoire. – Hélas ! madame, à quoi cela est-il bon ? répondit-il ; il n'y a certainement d'agréable et d'utile que l'histoire du jour. Toutes les histoires anciennes, comme le disait un de nos beaux esprits, ne sont que des fables convenues ; et pour les modernes, c'est un chaos qu'on ne peut débrouiller. Qu'importe à monsieur votre fils que Charlemagne ait institué les douze pairs de France, et que son successeur ait été bègue ?

– Rien n'est mieux dit ! s'écria le gouverneur : on étouffe l'esprit des enfants sous un amas de connaissances inutiles ; mais de toutes les sciences la plus absurde, à mon avis, et celle qui est la plus capable d'étouffer toute espèce de génie, c'est la géométrie. Cette science ridicule a pour objet des surfaces, des lignes, et des points, qui n'existent pas dans la nature. On fait passer en esprit cent mille lignes courbes entre un cercle et une ligne droite qui le touche, quoique dans la réalité on n'y puisse pas passer un fétu. La géométrie, en vérité, n'est qu'une mauvaise plaisanterie. »

Monsieur et madame n'entendaient pas trop ce que le gouverneur voulait dire ; mais ils furent entièrement de son avis.

« Un seigneur comme monsieur le marquis, continua-t-il, ne doit pas se dessécher le cerveau dans ces vaines études. Si un jour il a besoin d'un géomètre sublime pour lever le plan de ses terres, il les fera arpenter[1] pour son argent. S'il veut débrouiller l'antiquité de sa noblesse, qui remonte aux temps les plus reculés, il enverra chercher un bénédictin[2]. Il en est de même de tous les arts. Un jeune seigneur heureusement né n'est ni peintre, ni musicien, ni architecte, ni sculpteur ; mais il fait fleurir tous ces arts en les encourageant par sa magnificence. Il vaut sans doute mieux les protéger que de les exercer ; il suffit que monsieur le marquis ait du goût ; c'est aux artistes à travailler pour lui ; et c'est en quoi on a très grande raison de dire que les gens de qualité (j'entends ceux qui sont très riches) savent tout sans avoir rien appris, parce qu'en effet ils savent à la longue juger de toutes les choses qu'ils commandent et qu'ils payent. »

L'aimable ignorant prit alors la parole, et dit : « Vous avez très bien remarqué, madame, que la grande fin de l'homme est de réussir dans la société. De bonne foi, est-ce par les sciences qu'on obtient ce succès ? S'est-on jamais avisé dans la bonne compagnie

1. **Arpenter** : mesurer.
2. **Bénédictin** : religieux de l'ordre de saint Benoît, ordre réputé pour ses travaux d'érudition.

de parler de géométrie ? Demande-t-on jamais à un honnête homme quel astre se lève aujourd'hui avec le soleil ? S'informe-t-on à souper si Clodion le Chevelu passa le Rhin ? – Non, sans doute, s'écria la marquise de La Jeannotière, que ses charmes avaient initiée[1] quelquefois dans le beau monde ; et monsieur mon fils ne doit point éteindre son génie par l'étude de tous ces fatras, mais enfin que lui apprendra-t-on ? Car il est bon qu'un jeune seigneur puisse briller dans l'occasion, comme dit monsieur mon mari. Je me souviens d'avoir ouï dire à un abbé que la plus agréable des sciences était une chose dont j'ai oublié le nom, mais qui commence par un *B*. – Par un *B*, madame ? ne serait-ce point la botanique ? – Non, ce n'était point de botanique qu'il me parlait ; elle commençait, vous dis-je, par un *B*, et finissait par un *on*. – Ah ! j'entends, madame ; c'est le blason[2] : c'est, à la vérité, une science fort profonde ; mais elle n'est plus à la mode depuis qu'on a perdu l'habitude de faire peindre ses armes aux portières de son carrosse ; c'était la chose du monde la plus utile dans un État bien policé. D'ailleurs, cette étude serait infinie : il n'y a point aujourd'hui de barbier qui n'ait ses armoiries ; et vous savez que tout ce qui devient commun est peu fêté. » Enfin, après avoir examiné le fort et le faible des sciences, il fut décidé que monsieur le marquis apprendrait à danser.

La nature, qui fait tout, lui avait donné un talent qui se développa bientôt avec un succès prodigieux : c'était de chanter agréablement des vaudevilles[3]. Les grâces de la jeunesse, jointes à ce don supérieur, le firent regarder comme le jeune homme de la

1. **Avaient initiée** : avaient fait admettre.
2. **Le blason** : ensemble des connaissances relatives aux armoiries.
3. **Vaudevilles** : divertissements théâtraux composés de chansons et de ballets.

plus grande espérance. Il fut aimé des femmes ; et ayant la tête toute pleine de chansons, il en fit pour ses maîtresses. Il pillait Bacchus[1] et l'Amour dans un vaudeville, la nuit et le jour dans un autre, les charmes et les alarmes dans un troisième ; mais, comme il y avait toujours dans ses vers quelques pieds de plus ou de moins qu'il ne fallait, il les faisait corriger moyennant vingt louis d'or par chanson ; et il fut mis dans *L'Année littéraire* au rang des La Fare, des Chaulieu, des Hamilton, des Sarrasin et des Voiture[2].

Madame la marquise crut alors être la mère d'un bel esprit, et donna à souper aux beaux esprits de Paris. La tête du jeune homme fut bientôt renversée ; il acquit l'art de parler sans s'entendre, et se perfectionna dans l'habitude de n'être propre à rien. Quand son père le vit si éloquent, il regretta vivement de ne lui avoir pas fait apprendre le latin, car il lui aurait acheté une grande charge dans la robe[3]. La mère, qui avait des sentiments plus nobles, se chargea de solliciter un régiment pour son fils ; et en attendant il fit l'amour. L'amour est quelquefois plus cher qu'un régiment. Il dépensa beaucoup, pendant que ses parents s'épuisaient encore davantage à vivre en grands seigneurs.

Une jeune veuve de qualité, leur voisine, qui n'avait qu'une fortune médiocre, voulut bien se résoudre à mettre en sûreté les grands biens de monsieur et de madame de La Jeannotière, en se les appropriant, et en épousant le jeune marquis. Elle l'attira chez elle, se laissa aimer, lui fit entrevoir qu'il ne lui était pas indifférent, le conduisit par degrés, l'enchanta, le subjugua sans peine. Elle lui donnait tantôt des éloges, tantôt des conseils ; elle

1. **Bacchus** : dieu romain du vin.
2. Auteurs à succès des XVII^e^ et XVIII^e^ siècles.
3. **La robe** : désigne les gens de justice, les hommes de loi.

devint la meilleure amie du père et de la mère. Une vieille voisine proposa le mariage ; les parents, éblouis de la splendeur de cette alliance, acceptèrent avec joie la proposition : ils donnèrent leur fils unique à leur amie intime. Le jeune marquis allait épouser une femme qu'il adorait et dont il était aimé ; les amis de la maison les félicitaient ; on allait rédiger les articles, en travaillant aux habits de noce et à l'épithalame[1].

Il était, un matin, aux genoux de la charmante épouse que l'amour, l'estime, et l'amitié, allaient lui donner ; ils goûtaient, dans une conversation tendre et animée, les prémices de leur bonheur ; ils s'arrangeaient pour mener une vie délicieuse, lorsqu'un valet de chambre de madame la mère arrive tout effaré. « Voici bien d'autres nouvelles, dit-il ; des huissiers déménagent la maison de monsieur et de madame ; tout est saisi par des créanciers ; on parle de prise de corps[2], et je vais faire mes diligences pour être payé de mes gages[3]. – Voyons un peu, dit le marquis, que c'est que ça, ce que c'est que cette aventure-là. – Oui, dit la veuve, allez punir ces coquins-là, allez vite. » Il y court, il arrive à la maison ; son père était déjà emprisonné : tous les domestiques avaient fui chacun de leur côté, en emportant tout ce qu'ils avaient pu. Sa mère était seule, sans secours, sans consolation, noyée dans les larmes ; il ne lui restait rien que le souvenir de sa fortune, de sa beauté, de ses fautes et de ses folles dépenses.

Après que le fils eut longtemps pleuré avec la mère, il lui dit enfin : « Ne nous désespérons pas ; cette jeune veuve m'aime éperdument ; elle est plus généreuse encore que riche, je réponds

1. **Épithalame** : poème ou chant composé à l'occasion d'un mariage.
2. **Prise de corps** : emprisonnement.
3. **Je vais faire mes diligences pour être payé de mes gages** : je vais me dépêcher de me faire payer mon salaire.

d'elle ; je vole à elle, et je vais vous l'amener. » Il retourne donc chez sa maîtresse, il la trouve tête à tête avec un jeune officier fort aimable. « Quoi ! c'est vous, monsieur de La Jeannotière ; que venez-vous faire ici ? abandonne-t-on ainsi sa mère ? Allez chez cette pauvre femme, et dites-lui que je lui veux toujours du bien : j'ai besoin d'une femme de chambre, et je lui donnerai la préférence. – Mon garçon, tu me parais assez bien tourné, lui dit l'officier ; si tu veux entrer dans ma compagnie je te donnerai un bon engagement. »

Le marquis stupéfait, la rage dans le cœur, alla chercher son ancien gouverneur, déposa ses douleurs dans son sein, et lui demanda des conseils. Celui-ci lui proposa de se faire, comme lui, gouverneur d'enfants. « Hélas ! je ne sais rien, vous ne m'avez rien appris, et vous êtes la première cause de mon malheur » ; et il sanglotait en lui parlant ainsi. « Faites des romans, lui dit un bel esprit qui était là ; c'est une excellente ressource à Paris. »

Le jeune homme, plus désespéré que jamais, courut chez le confesseur de sa mère : c'était un théatin[1] très accrédité, qui ne dirigeait que les femmes de la première considération ; dès qu'il le vit, il se précipita vers lui. « Eh ! mon Dieu ! monsieur le marquis, où est votre carrosse ? comment se porte la respectable madame la marquise votre mère ? » Le pauvre malheureux lui conta le désastre de sa famille. À mesure qu'il s'expliquait, le théatin prenait une mine plus grave, plus indifférente, plus imposante : « Mon fils, voilà où Dieu vous voulait ; les richesses ne servent qu'à corrompre le cœur ; Dieu a donc fait la grâce à votre mère de la réduire à la mendicité ? – Oui monsieur. – Tant mieux, elle est sûre de son salut. – Mais, mon père, en attendant, n'y aurait-il pas moyen d'obtenir quelque secours dans ce monde ? – Adieu, mon fils ; il y a une dame de la cour qui m'attend. »

1. **Théatin** : religieux.

Le marquis fut prêt à s'évanouir ; il fut traité à peu près de même par ses amis, et apprit mieux à connaître le monde dans une demi-journée que dans tout le reste de sa vie.

Comme il était plongé dans l'accablement du désespoir, il vit avancer une chaise roulante[1] à l'antique, espèce de tombereau couvert, accompagné de rideaux de cuir, suivi de quatre charrettes énormes toutes chargées. Il y avait dans la chaise un jeune homme grossièrement vêtu ; c'était un visage rond et frais qui respirait la douceur et la gaieté. Sa petite femme brune et assez grossièrement agréable était cahotée à côté de lui. La voiture n'allait pas comme le char d'un petit-maître[2] : le voyageur eut tout le temps de contempler le marquis immobile, abîmé dans sa douleur. « Eh ! mon Dieu ! s'écria-t-il, je crois que c'est là Jeannot. » À ce nom, le marquis lève les yeux, la voiture s'arrête : « C'est Jeannot lui-même, c'est Jeannot. » Le petit homme rebondi ne fait qu'un saut, et court embrasser son ancien camarade. Jeannot reconnut Colin ; la honte et les pleurs couvrirent son visage. « Tu m'as abandonné, dit Colin ; mais tu as beau être grand seigneur, je t'aimerai toujours. » Jeannot, confus et attendri, lui conta en sanglotant une partie de son histoire. « Viens dans l'hôtellerie où je loge me conter le reste, lui dit Colin ; embrasse ma petite femme, et allons dîner ensemble. »

Ils vont tous trois à pied, suivis du bagage. « Qu'est-ce donc que tout cet attirail ? vous appartient-il ? – Oui, tout est à moi et à ma femme. Nous arrivons du pays ; je suis à la tête d'une bonne manufacture de fer étamé et de cuivre. J'ai épousé la fille d'un riche négociant en ustensiles nécessaires aux grands et

1. **Chaise roulante** : voiture à deux ou quatre roues, tirée par des chevaux.
2. **Petit-maître** : jeune élégant.

aux petits ; nous travaillons beaucoup ; Dieu nous bénit ; nous n'avons point changé d'état ; nous sommes heureux, nous aiderons notre ami Jeannot. Ne sois plus marquis ; toutes les grandeurs de ce monde ne valent pas un bon ami. Tu reviendras avec moi au pays, je t'apprendrai le métier, il n'est pas bien difficile ; je te mettrai de part[1], et nous vivrons gaiement dans le coin de terre où nous sommes nés. »

Jeannot, éperdu, se sentait partagé entre la douleur et la joie, la tendresse et la honte ; et il se disait tout bas : « Tous mes amis du bel air m'ont trahi, et Colin, que j'ai méprisé, vient seul à mon secours. Quelle instruction ! » La bonté d'âme de Colin développa dans le cœur de Jeannot le germe du bon naturel, que le monde n'avait pas encore étouffé. Il sentit qu'il ne pouvait abandonner son père et sa mère. « Nous aurons soin de ta mère, dit Colin ; et quant à ton bonhomme de père, qui est en prison, j'entends un peu les affaires ; ses créanciers, voyant qu'il n'a plus rien, s'accommoderont pour peu de chose ; je me charge de tout. » Colin fit tant qu'il tira le père de prison. Jeannot retourna dans sa patrie avec ses parents, qui reprirent leur première profession. Il épousa une sœur de Colin, laquelle, étant de même humeur que le frère, le rendit très heureux. Et Jeannot le père, et Jeannotte la mère, et Jeannot le fils, virent que le bonheur n'est pas dans la vanité.

Voltaire, *Jeannot et Colin*, 1764.

1. **Je te mettrai de part** : je t'associerai.

Tu m'as abandonné, dit Colin, mais tu as beau être grand Seigneur, je t'aimerai toûjours.

*Jeannot et Colin.*

*Gravure de Moreau le Jeune (1787) pour* Jeannot et Colin, *conte de Voltaire. Paris, BNF.*

Détail d'une gravure de Charles Monnet (1732-1808), XIXe siècle, pour *Micromégas*, 1778. Paris, BNF.

LE DOSSIER

*Micromégas, Jeannot et Colin*

# Deux contes philosophiques

REPÈRES



PARCOURS DE L'ŒUVRE



TEXTES ET IMAGES

# Le conte philosophique voltairien

## L'univers du conte traditionnel

### • LES FORMES DU CONTE

Le conte philosophique* voltairien se présente sous la forme d'un court récit romanesque, à la façon d'un conte traditionnel. Il commence par une formule de départ proche du « Il était une fois ».

*Par exemple le début de* Zadig *: « Du temps du roi Moabdar,* il y avait *à Babylone, un jeune homme nommé* Zadig... *», ou celui de* Micromégas *: « Dans une de ces planètes qui tournent autour de l'étoile nommée Sirius,* il y avait un jeune homme... ».

Le cadre spatio-temporel évoque également l'univers du conte merveilleux. L'action se situe dans un lieu et à une époque fantaisistes, souvent très lointains. L'éloignement maximal est obtenu avec *Micromégas* : le héros, originaire d'une planète gravitant autour de l'étoile Sirius, est exilé et se lance dans un voyage interplanétaire qui le conduit jusqu'à la Terre en 1737.

### • DES PERSONNAGES STYLISÉS

Les personnages des contes de Voltaire, dont les plus célèbres sont Candide, Zadig, Micromégas, l'Ingénu, Babouc, ou Jeannot, sont extrêmement simplifiés. Leur portrait est réduit à un ou deux éléments significatifs. Leur nom les rapproche des personnages de contes traditionnels, comme le Petit Poucet.Néanmoins, le héros voltairien est doté de qualités qui lui permettent de surmonter les difficultés. Candide, par exemple, est présenté comme « un jeune homme à qui la nature avait donné les mœurs les plus douces ».

*Le nom Micromégas (petit-grand) résume à lui seul la question de la relativité (du grand et du petit, du bien et du mal).*

### • LA RÉFÉRENCE AU MERVEILLEUX*

Dans *Micromégas*, on entre très vite dans un monde merveilleux à travers le récit du voyage de deux extraterrestres : un habitant de Sirius et un habitant de Saturne. La chronologie est fantaisiste, comme dans les contes : Micromégas, à 450 ans, sort juste de l'enfance ; son procès dure 220 ans et il est exilé pour 800 ans. De plus, sa taille est extraordinaire puisqu'il mesure plus de 38 km. Il n'a pas besoin de moyen de transport pour voyager : il se déplace grâce à un rayon de soleil, une comète ou une aurore boréale.

### ● UNE FIN TYPIQUE DE CELLE DES CONTES DE FÉES

Les contes de Voltaire semblent tous adopter la fin heureuse des contes de fées :
- Candide finit par retrouver Cunégonde et l'épouse ;
- Jeannot, de même, retrouve Colin, son véritable ami, dont il épouse la sœur. Il retourne vivre à la campagne, où il sera heureux grâce à son entourage et au travail.

## Un texte philosophique

### ● DIFFÉRENTS NIVEAUX DE LECTURE

La richesse du conte philosophique permet une lecture à deux niveaux.
Le premier niveau, celui du récit imaginaire, permet au lecteur de se divertir avec un conte plaisant.
Le second niveau permet de transmettre des idées et de s'interroger sur les grands problèmes de l'existence humaine. Les deux niveaux sont d'égale importance : c'est la fiction qui rend possible une réflexion philosophique. Le titre même des contes peut faire allusion à ces deux niveaux. Ainsi *Zadig ou la Destinée* narre l'histoire de Zadig, un jeune Babylonien riche et vertueux, qui croit avoir tout pour être heureux mais sur qui le malheur va s'abattre. Mais le conte est aussi une interrogation sur la destinée, le bonheur et la Providence : comment faire pour être heureux ? Quel est le rôle de la Providence ? Est-ce qu'il est possible d'échapper à son destin ?

*Gravure pour* Le Petit Poucet.

## ● LES RÉFÉRENCES AU RÉEL

Le conte philosophique multiplie les allusions au monde contemporain, qu'il critique. Ainsi, Voltaire truffe son récit de références à des événements de son temps, pour en rire, ou pour en médire. Par exemple, Micromégas et son compagnon rencontrent des explorateurs du cercle polaire qui ont réellement existé et qui ont fait naufrage en 1737. Voltaire peut ainsi se moquer de *Maupertuis*, dont il respecte les travaux, mais avec qui il s'est brouillé.

*L'expédition de Maupertuis quitte Dunkerque le 2 mai 1736 pour mesurer le méridien au pôle Sud. Elle en repart le 10 juin, mais ne rentre en France que fin juillet à cause d'un naufrage. Voltaire cite également des philosophes ayant réellement existé : Locke, Aristote, Pascal, Malebranche et de vrais scientifiques : Euclide, Cassini...*

## ● LES CIBLES DES LUMIÈRES

Les philosophes des Lumières* veulent instaurer le règne de la raison contre celui du fanatisme religieux – « Écrasons l'infâme », écrit Voltaire à son sujet –, et du despotisme, représenté en France par la monarchie absolue. Le conte philosophique voltairien est l'une des armes, redoutablement efficace, de ce combat.

### Les principaux philosophes des Lumières

**Montesquieu** (1689-1755), auteur des *Lettres persanes* (1721) et de *L'Esprit des lois* (1748). **Voltaire** (1694-1778), auteur des *Lettres philosophiques* (1734), du *Siècle de Louis XIV*, du *Traité sur la tolérance* (1763), et de nombreux contes philosophiques dont *Zadig* (1737), *Micromégas* (1752), *Candide* (1769). **Diderot** (1712-1784), directeur de l'*Encyclopédie*, auteur de la *Lettre sur les aveugles à l'usage de ceux qui voient* (1749), du *Rêve de d'Alembert* (1769), du *Supplément au voyage de Bougainville* (publ. 1796) et d'une importante œuvre littéraire (*Le Neveu de Rameau*, 1762 ; *Jacques le Fataliste et son maître*, 1771). **Rousseau** (1712-1778), auteur du *Discours sur les sciences et les arts* (1750), du *Discours sur l'origine et les fondements de l'inégalité parmi les hommes* (1755), du *Contrat social et de l'Émile* (1762). **D'Alembert** (1717-1783), codirecteur de l'*Encyclopédie* dont il rédige le *Discours préliminaire* (1751) et auteur de nombreux ouvrages scientifiques.

## ● LE DÉBAT D'IDÉES

Le conte philosophique illustre la volonté de diffuser les idées des Lumières et rejoint le projet pédagogique d'autres œuvres du XVIIIe siècle comme l'*Encyclopédie*. Mais Voltaire se différencie des autres philosophes, car il ne propose pas de système de pensée. Les personnages de ses contes, Micromégas ou Zadig par exemple, opposent aux préjugés leur esprit d'analyse, leur goût pour l'observation et l'expérience, montrant ainsi le primat de la raison. À la fin de ses contes, Voltaire ne propose ni solution ni véritable morale.
Dans *Micromégas*, le Sirien promet aux Terriens un livre de philosophie dans lequel ils « verraient le bout des choses » : le livre qu'il leur donne ne comporte que des pages blanches.

*L'*Encyclopédie *ou* Dictionnaire raisonné des sciences, des arts et des métiers, *publiée par Diderot et d'Alembert (1751-1772), est la première grande encyclopédie française. « Cet ouvrage immense et immortel », comme le dit Voltaire, compte 28 volumes et aura demandé plus de 25 ans de travail. Sa grande originalité est d'avoir fait appel à des savants et à des philosophes de toute l'Europe, parmi lesquels on trouve aussi Voltaire.*

## ● L'IRONIE

Voltaire est allé en prison à plusieurs reprises en raison de ses écrits. Il a également dû s'exiler en Angleterre. Pour continuer à dénoncer l'intolérance, l'arbitraire et l'injustice sans s'attirer les foudres de la censure, il mise sur le rire et l'ironie. Mais celle-ci ne peut fonctionner qu'avec une complicité entre auteur et lecteur. Le lecteur doit s'interroger sur le sens réel des propos et sur les intentions de l'auteur qui, lui, doit savoir mettre les rieurs de son côté.

*Détail d'une gravure extraite de l'*Encyclopédie technique *de Diderot et d'Alembert, XVIIIe siècle, lutherie.*

# Le débat autour du genre narratif

## ● UN GENRE SUPERFICIEL VOIRE DANGEREUX

Au XVIIIe siècle, on se méfie toujours du genre narratif, que l'on considère comme frivole et fantaisiste : il n'est pas codifié et surtout, contrairement à la poésie et au théâtre, il ne peut se prévaloir d'aucun grand modèle antique. Si les romans baroques, fictions sentimentales très volumineuses, sont en vogue, ils ont très mauvaise réputation. Pourtant leur intrigue est simple : deux amants séparés par le destin se cherchent au cours d'aventures pleines de rebondissements imprévus. Ils se retrouvent à la fin, leur amour étant confirmé par les épreuves endurées. Il s'agit d'une littérature d'évasion. Les attaques contre ces interminables romans baroques sont motivées par la mauvaise influence possible sur les mœurs des lecteurs et l'invraisemblance des situations et des aventures. À l'époque, le roman est donc considéré comme dangereux et, surtout, comme n'étant pas sérieux.

*Montesquieu, par exemple, était magistrat et il n'était pas digne de lui d'écrire des romans. En 1721, les* Lettres persanes *sont publiées sans nom d'auteur. Anonymat dont Montesquieu s'explique dans la Préface : « Si l'on savait qui je suis, on dirait : "Son livre jure avec son caractère ; il devrait employer son temps à quelque chose de mieux ; cela n'est pas digne d'un homme grave."»*

## ● LE SOUCI DU SÉRIEUX ET DU VRAI

Les philosophes de cette époque, dont Voltaire, veulent avant tout écrire des œuvres sérieuses et raisonnables. L'œuvre littéraire doit, selon eux, mettre en lumière la vérité et non raconter des fadaises.

## ● DES RÉCITS ANONYMES

Les écrivains qui se risquent à écrire des romans présentent leurs œuvres non comme des fictions mais comme des lettres, des récits de voyage ou des mémoires. Ils prétendent qu'il s'agit d'une traduction, de confidences, d'un manuscrit retrouvé, mais jamais directement d'une œuvre totalement imaginaire dont l'auteur serait responsable.

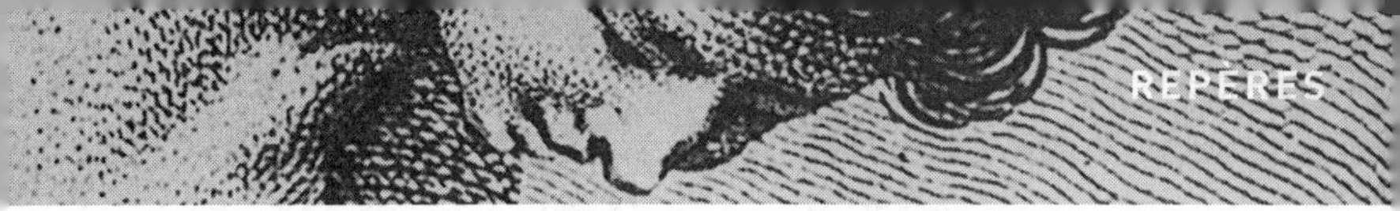



## ● UN GENRE PLÉBISCITÉ

Pourtant, même décrié, le roman bénéficie d'un large public et de nombreux auteurs du XVIIIe siècle siècle s'y sont consacrés. Les contemporains de Voltaire ont pour modèles de grands auteurs du XVIIe siècle, qui n'hésitent pas à revendiquer leur goût du rêve et du merveilleux. Ainsi, Charles Perrault a connu un grand succès avec la publication des *Contes de ma mère l'Oye* en 1697. Antoine Galland, chargé d'une mission philosophique en Orient, contribue fortement à la vulgarisation d'un mouvement en pleine effervescence : l'orientalisme. Il traduit en français un recueil de contes orientaux du XIVe siècle et les récits oraux d'un moine syrien sous le titre des *Mille et Une Nuits* (1704-1717).

## ● L'INVENTION DE VOLTAIRE

Voltaire est face à un dilemme : il est intéressé par la philosophie, reconnu comme un grand auteur de tragédies, mais le public, lui, lit essentiellement des romans. Il va avoir une idée de génie : concilier la philosophie et le romanesque en inventant le conte philosophique. Il pourra ainsi livrer à un public friand de divertissements un genre qui lui permet à la fois de faire des commentaires sur le monde et de se protéger contre la censure.

Le conte philosophique entre dans cette catégorie d'œuvres qui, aux XVIIe et XVIIIe siècles, s'attachent à un double objectif : divertir et instruire.

### Qu'est-ce que l'orientalisme ?

Depuis les dernières décennies du XVIIe siècle, l'Orient est en France l'objet d'un véritable engouement. Molière le met en scène dans sa comédie du *Bourgeois gentilhomme* (1670) et Racine dans une tragédie, *Bajazet* (1672). Au XVIIIe siècle, le goût pour les choses de l'Orient, ou orientalisme, est une forme de l'exotisme. Plus ou moins connu, plus ou moins rêvé, l'Orient répond aux besoins d'évasion, de pittoresque, de merveilleux aussi. Les contes des *Mille et Une Nuits*, qui rendent populaires les personnages de Schéhérazade, Sindbad le Marin, Ali Baba, Aladin, imposent un Orient d'érotisme et de sensualité.

# Étape I • Analyser les personnages dans *Micromégas*

**SUPPORT :** *Micromégas*, chapitres 1, 2 et 3

**OBJECTIF :** Repérer le rôle des personnages dans un conte philosophique

## As-tu bien lu ?

**1** Micromégas est banni de la cour :
☐ pour avoir écrit un livre sur les insectes
☐ pour avoir chanté une chanson sur le muphti
☐ pour avoir détourné de l'argent

**2** Le procès dure :
☐ 2 ans ☐ 20 ans ☐ 220 ans

**3** Le muphti trouve les propositions de Micromégas :
☐ téméraires ☐ hérétiques ☐ intéressantes ☐ sages

**4** Tu es toi-même scandalisé par l'attitude du grand muphti : remets en ordre ces adjectifs pour manifester ton indignation :
qhatnco – tevlronta – ngidien – udeiox – tbjcae – mpséirbale – liv – naliuiiqfealb – casdnlauex

**5** Retrace le parcours de Micromégas lors de son voyage en numérotant les étapes et en barrant les mentions inutiles.
☐ Sirius ☐ Saturne ☐ Jupiter ☐ la Terre
☐ Mars ☐ la Lune ☐ Uranus ☐ Neptune

## Des personnages extraordinaires

**6** Qu'apprend-on sur Micromégas dans ces trois premiers chapitres ? Complète le tableau suivant.

| | |
|---|---|
| Sa planète | |
| Sa taille | |
| Son âge | |

**7** Retrouve comment chaque personnage est désigné au chapitre 2.

| | |
|---|---|
| | • son Excellence |
| | • le philosophe de Saturne |
| Micromégas • | • l'académicien |
| | • le petit homme de Saturne |
| le Saturnien • | • le nain de Saturne |
| | • M. le secrétaire |
| | • le voyageur |

**8** Quels sont les autres éléments de merveilleux dans le conte ?

## Langue et style : les comparaisons*

**9** Le dialogue, au chapitre 2, consiste essentiellement en une comparaison entre la vie sur Saturne et la vie sur Sirius. Quels sont les points communs entre ces deux planètes ? Quelles sont les différences ?

**10** En t'appuyant sur tes réponses à la question précédente, propose une première explication de l'expression : « Tout est relatif* ».

## Faire le bilan

**11** En t'appuyant sur les réponses aux questions précédentes, montre en quoi les personnages de *Micromégas* sont des héros de « conte philosophique ». Dans un premier paragraphe, tu montreras qu'ils sont des héros de conte, puis, dans un second, qu'ils incarnent des idées philosophiques.

## À toi de jouer

**12** Imagine que Micromégas te pose les mêmes questions qu'au Saturnien pour connaître la vie sur Terre : quels sont les points communs et les différences avec la vie sur Sirius ? Rédige ta réponse à Micromégas.

**13** Rédige le portrait de quelqu'un que tu connais, qui exprime une idée ou une valeur (courage, amitié, sagesse…) que tu juges importante. Il peut s'agir d'un personnage de fiction (roman ou film) ou d'une personne réelle.

# Étape 2 • Montrer le rôle du dialogue

**SUPPORT :** *Micromégas*, chapitres 4, 5, 6 et 7

**OBJECTIF :** Repérer l'importance du dialogue dans le conte philosophique

## As-tu bien lu ?

**1** D'où viennent les voyageurs ?

**2** Quel est le premier animal qu'ils voient sur Terre ?
- ☐ une baleine
- ☐ un lapin
- ☐ une mite

**3** Comment découvrent-ils les hommes ?

**4** Comment parviennent-ils à communiquer avec eux ?

**5** Qui sont les hommes rencontrés ?
- ☐ une assemblée de savants
- ☐ une cour royale
- ☐ une équipe sportive

**6** Que contient le livre remis aux hommes par Micromégas ?

## À chacun sa vision du monde

**7** Pourquoi le Saturnien ne peut-il pas croire que les Terriens ont une âme ? Reformule son raisonnement, puis explique pourquoi il se trompe (début du chapitre 6 → absurde).

**8** Dans le chapitre 6, relève la phrase qui montre que le Saturnien a finalement compris son erreur.

**9** Pourquoi les Terriens, malgré leur taille, provoquent-ils l'admiration des voyageurs et font-ils dire à Micromégas que le vrai bonheur se trouve sur Terre ?

**10** Pourquoi Micromégas change-t-il très vite son opinion et menace-t-il d'écraser les Terriens sous son talon ?

**11** Quel personnage, parmi ceux qui te sont proposés ci-dessous, pourrait le mieux représenter Voltaire et les idées des Lumières ? Justifie ta réponse.
☐ Micromégas ☐ le Saturnien ☐ un des Terriens ☐ le muphti

## Langue et style : le dialogue philosophique

**12** Chacun des Terriens représente un philosophe. Retrouve ceux qui sont cités.
☐ Aristote ☐ Descartes ☐ Malebranche ☐ Locke ☐ Rousseau

**13** Relève les questions posées par Micromégas aux Terriens dans le chapitre 6.

**14** Sur quel sujet les hommes sont-ils en désaccord quant aux réponses à donner ?

**15** Les Terriens sont désignés par des termes qui les ridiculisent : lesquels ? À quel champ lexical ces termes appartiennent-ils ?

**16** À ton avis, quel est, parmi les philosophes cités, celui que Voltaire apprécie le plus ? Comment le fait-il savoir ? Tu peux observer les mots qui servent à décrire les attitudes des hommes et les réactions qu'ils provoquent.

## Faire le bilan

**17** Explique pourquoi le dialogue est important dans un conte philosophique. Pense à la visée de ce type de conte et au rôle que peut y jouer le dialogue (notamment dans le fait d'échanger des paroles, des idées). Tu t'appuieras sur ta lecture de *Micromégas* pour illustrer ton propos.

## À toi de jouer

**18** « Mais il se trompait sur les apparences : ce qui n'arrive que trop » (chapitre 5, lignes 49-50).
Aujourd'hui, comme au temps de Voltaire, les apparences sont souvent trompeuses. Relate une situation dans laquelle tu as été trompé par les apparences. Tu commenceras par raconter l'anecdote dont il est question, puis tu expliqueras en quoi la situation était trompeuse.

# Étape 3 • Étudier le thème de l'astronomie et des sciences

**SUPPORT :** *Micromégas*

**OBJECTIF :** Exploiter les informations de l'enquête

## As-tu bien lu ?

1 Quelles sont les unités de mesure évoquées par Voltaire dans le chapitre 1 ?

☐ pouce ☐ pied de nez ☐ pied de roi
☐ tête ☐ lieue ☐ bras
☐ toise

2 Classe les unités que tu as retrouvées par ordre croissant de grandeur.

3 Relève les noms des scientifiques contemporains de Voltaire cités aux chapitres 1 et 5.

4 Qu'est-ce qu'une « révolution » (chapitre 2) ?

5 Qu'est-ce que l'« Académie des sciences » (chapitre 7) : un concours de scientifiques ou une assemblée de scientifiques ?

## Les évocations scientifiques

6 En t'aidant de l'enquête, explique comment Micromégas voyage de globe en globe.

7 Est-ce que tu trouves l'explication du narrateur très scientifique ?

8 Que nous apprend l'enquête sur l'expédition évoquée à la fin du chapitre 3 ?

9 Qui sont les membres de l'équipage et les passagers ?

10 Relève leurs outils et dis à quoi sert chacun d'eux.

11 Quelles sont les autres expéditions célèbres du XVIIIe siècle ?

12 Pourquoi les géomètres ont-ils leur place dans les expéditions scientifiques ?

## La place de l'homme dans l'univers

**13** Pourquoi Micromégas parle-t-il d'« atomes » en évoquant les Terriens ?

**14** Après avoir relu l'enquête, dis pourquoi le nain refuse d'attribuer une âme aux Terriens.

**15** Pourtant qu'est-ce qui provoque l'admiration des voyageurs pour les Terriens au chapitre 6 ?

**16** Sur quoi les Terriens s'entendent-ils lorsqu'ils répondent aux questions de Voltaire ?

**17** Pourquoi, selon un des scientifiques, « leurs personnes, leurs mondes, leurs soleils, leurs étoiles, tout était fait uniquement pour l'homme » (chapitre 7, lignes 119-120) ? D'où puise-t-il ses sources ?

**18** À ton avis, que pense Voltaire de cette idée ? Appuie-toi sur la réaction de Micromégas pour élaborer ta réponse.

## Faire le bilan

**19** Montre que Voltaire est intéressé par la vérité scientifique et la quête de la connaissance.
Développe tes idées dans un court paragraphe.

## À toi de jouer

**20** Relis l'enquête et, sur une frise, replace les hommes de science du XVIIIe siècle face à leurs découvertes.

# Étape 4 • Observer l'art du conteur dans *Jeannot et Colin*

**SUPPORT :** *Jeannot et Colin*

**OBJECTIF :** Repérer les éléments types de la narration dans le conte philosophique

## As-tu bien lu ?

**1** Jeannot et Colin sont :
☐ deux amis ☐ deux frères ☐ deux rivaux amoureux

**2** Pourquoi Jeannot quitte-t-il la province pour Paris ?

**3** Quel type de lettre Colin écrit-il à Jeannot ?
☐ une lettre de rupture ☐ une lettre de félicitations

**4** Comment Jeannot réagit-il ?

**5** Quel événement fait basculer le bonheur de la famille de Jeannot ?

**6** Comment la fiancée de Jeannot réagit-elle ?

**7** Qui apporte son aide à Jeannot à la fin de l'histoire ?

## Une parodie de conte traditionnel

**8** Relève dans le début du conte les éléments qui t'indiquent où et quand se passe l'histoire (cadre spatiotemporel).

**9** Observe ensuite les commentaires du narrateur. En quoi créent-ils un décalage avec le début d'un conte traditionnel ?

**10** Pour caractériser les personnages, remplis le tableau suivant.

| | |
|---|---|
| Indices de la vanité de la famille de Jeannot | |
| Indices de la simplicité de la famille de Colin | |

**11** Explique pourquoi ces caractéristiques nous permettent de savoir dès le début comment vont évoluer les personnages.

**12** Indique dans le tableau tous les changements qui s'opèrent chez Jeannot à partir du moment où sa famille devient riche.

| | Avant | Après |
|---|---|---|
| Nom de famille | | |
| Profession des parents | | |
| Études de Jeannot | | |
| Vêtements de Jeannot | | |
| Temps des verbes | | |

**13** Les péripéties : au début du récit de ses aventures à Paris, ses parents prennent un « gouverneur » pour Jeannot. À la fin du récit, sa fiancée le quitte pour un autre. Que s'est-il passé entre-temps ? Note dans l'ordre chronologique les autres péripéties.

## Langue et style : les valeurs du présent

**14** Le narrateur intervient dans le récit en multipliant les proverbes : retrouve-les dans la liste ci-dessous et reconstitue-les.

| | |
|---|---|
| Dès qu'on est dans le fil de l'eau, ● | ● abaisse les hommes à son gré. |
| La fortune [...] élève et ● | ● qu'à corrompre le cœur. |
| Toutes les grandeurs de ce monde ● | ● dans la vanité. |
| Les richesses ne servent ● | ● ne valent pas un bon ami. |
| Le bonheur n'est pas ● | ● il n'y a qu'à se laisser aller. |

**15** Dans ces dictons, le temps des verbes est le présent de vérité générale. Dans d'autres passages du récit, le temps des verbes est au présent de narration. Explique la différence entre ces deux valeurs du présent.

## Faire le bilan

**16** Explique comment Voltaire parodie le schéma du conte traditionnel pour faire de son récit un conte philosophique. Aide-toi de l'évolution des personnages et des propos du narrateur.

## À toi de jouer

**17** Écris à ton tour la situation initiale d'un conte à visée philosophique. À la manière de Voltaire, tu te moqueras un peu de tes personnages et tu interviendras dans le récit afin de montrer qu'il ne va pas respecter les caractéristiques du conte traditionnel.

# Étape 5 • Étudier le thème de l'éducation

**SUPPORT :** *Jeannot et Colin* (lignes 49-153)

**OBJECTIF :** Repérer comment les Lumières envisagent l'enseignement

## As-tu bien lu ?

**1** Qu'est-ce qu'un « gouverneur » ?
- ☐ un homme politique
- ☐ un officier de marine
- ☐ un précepteur

**2** Qui sont les participants au dîner philosophique ?
Raye les mentions inutiles : Jeannot – Colin – la mère de Jeannot – un auteur célèbre – un astronome – Cicéron – le père de Jeannot – le gouverneur – la fiancée de Jeannot.

**3** Qui est l'arbitre du débat ?
- ☐ un auteur célèbre
- ☐ un professeur de latin
- ☐ Colin

**4** Quelle est la question qui oppose les parents de Jeannot ?

**5** Finalement, que va apprendre Jeannot pour parfaire son éducation ?

## Les personnages en présence

Voltaire utilise souvent la même technique argumentative : il commence par ridiculiser celui ou ceux avec lesquels il n'est pas d'accord.

**6** Relève les mots qui caractérisent le personnage du gouverneur.

**7** Qu'est-ce que la mère de Jeannot entend par : « Je veux que mon fils [...] réussisse dans le monde ? » (lignes 63-65).

**8** Selon quels critères le père de Jeannot choisit-il les matières qu'il veut faire apprendre à son fils ?

**9** Quel trait les interlocuteurs ont-ils en commun ? Observe bien les éléments qui reprennent les descriptions des convives. Tu remarqueras la répétition d'une idée : laquelle ?

## Langue et style : les procédés argumentatifs

**10** Retrouve de quelle discipline il est question dans les phrases suivantes, en identifiant les arguments apportés par les différents interlocuteurs pour ne pas les étudier.
**a.** « Cette science ridicule a pour objet des surfaces, des lignes, et des points, qui n'existent pas dans la nature » : .............
**b.** Les femmes sont supérieures aux hommes parce qu'elles ne l'ont pas appris : .............
**c.** Lorsqu'on voyage, on n'a pas besoin de connaître son chemin, il y a des gens dont la fonction est de vous amener à bon port : .............
**d.** Une belle science qui sert à calculer l'âge de la lune : .............
**e.** Les plus anciennes sont des fables convenues et les plus modernes un véritable chaos : .............
**f.** « Il vaut sans doute mieux les protéger que de les exercer ; il suffit que monsieur le marquis ait du goût » : .............

**11** Dans ce débat, tout est à l'envers : les interlocuteurs veulent parler d'éducation mais dénigrent le savoir. Reprends une matière de ton choix et rétablis une argumentation correcte.
Exemple : « Un seigneur comme monsieur le marquis ne doit pas se dessécher le cerveau dans ces vaines études. » → Au contraire, les études sollicitent le cerveau et le dynamisent.

**12** Sur quels critères juge-t-on de l'opportunité des matières à enseigner ? Pour répondre, observe les champs lexicaux dans les répliques du gouverneur et de l'auteur (lignes 113-134).

**13** Quel effet le choix de la danse produit-il à l'issue du débat ?

## Faire le bilan

**14** Que reproche Voltaire aux hommes de cour dans leurs positions vis-à-vis des sciences et de l'éducation ?

## À toi de jouer

**15** « On étouffe l'esprit des enfants sous un amas de connaissances inutiles » (lignes 102-103). Essaie de trouver au moins trois arguments montrant que tu n'es pas d'accord avec cette affirmation.

# Étape 6 • Analyser le message philosophique

**SUPPORT :** *Jeannot et Colin*

**OBJECTIF :** Retrouver les différentes valeurs défendues dans le conte (vie à la campagne, amitié)

## As-tu bien lu ?

**1** Où vivent Jeannot et Colin au début du conte ?
☐ en Auvergne ☐ à Hawaï ☐ à Paris
Où se retrouvent-ils à la fin du conte ?
☐ en Auvergne ☐ à Hawaï ☐ à Paris

**2** Quelle est l'activité principale de Jeannot à Paris ?
☐ écrire des chansons ☐ faire des études de droit
☐ dessiner des cartes du ciel ☐ chanter des vaudevilles

**3** Comment expliques-tu l'abandon de Jeannot par ses amis après son revers de fortune ?
☐ Il est soupçonné de vol. ☐ Il a trompé sa femme.
☐ Il n'a plus d'argent.

## La mise en récit de la morale

**4** Retrouve dans le texte les termes utilisés par l'auteur pour qualifier l'état d'esprit de Jeannot (lignes 208-246).

**5** Remets dans l'ordre le récit des retrouvailles de Jeannot et Colin.
– Jeannot reconnaît Colin.
– La description d'une jeune femme.
– La description du jeune homme dans la chaise.
– Le voyageur reconnaît Jeannot.
– Le jeune homme descend de voiture.
– La description de la chaise roulante.
– Colin embrasse son ami.

**6** Comment Voltaire ménage-t-il le suspense ? Pour répondre, commence par repérer à quel moment apparaît le nom de Colin.
Quelle est la réaction de Jeannot face aux preuves d'amitié de Colin ?

## Langue et style : les champs lexicaux

**7** Pour mettre en avant la supériorité des valeurs morales de la vie à la campagne, l'auteur utilise un champ lexical bien fourni : retrouve-le et classe les mots dans le tableau ci-dessous (lignes 243-289).

**8** Relève et nomme un autre champ lexical important dans le texte, qui vient s'opposer et mettre en lumière celui de la vie à la campagne. Pour cela, il faut retrouver les mots utilisés dans la description des Parisiens et dans le récit de leur réaction vis-à-vis de Jeannot, et les noter dans la troisième colonne du tableau ci-dessous.

| | **La vie à la campagne** | **La vie à la ville** |
|---|---|---|
| Description des personnages | | |
| Réaction des personnages | | |
| Action des personnages | | |

## Faire le bilan

**9** Explique en quelques lignes ce qu'est la vanité pour Voltaire.

## À toi de jouer

**10** Beaucoup de citadins retournent aujourd'hui à la campagne en mettant en avant la qualité et l'authenticité de la vie qu'on y mène.
Dans un paragraphe construit et argumenté, tu diras si tu es d'accord avec eux et pourquoi.

**11** Quelle est la valeur la plus importante pour toi : est-ce l'amitié, comme pour Colin, ou une autre valeur ?

# Étape 7 • Déceler l'ironie dans les deux contes

**SUPPORT :** *Micromégas, Jeannot et Colin*

**OBJECTIF :** Analyser les procédés utilisés

## Les figures de l'ironie*

**1** Souligne les oppositions dans les citations suivantes et retrouve s'il s'agit d'une *antiphrase** ou d'une *antithèse**.

**a.** « Vous voyez bien que c'est mourir presque au moment que l'on est né » (Micromégas) : . . . . . . . . . . . . .

**b.** « Quelques algébristes, gens toujours utiles au public » (Micromégas) : . . . . . . . . . . . . .

**2** Dans les citations suivantes, précise s'il s'agit d'une hyperbole* (exagération) ou d'une accumulation* (énumération).

**a.** « Les États de quelques souverains d'Allemagne ou d'Italie, dont on peut faire le tour en une demi heure » (Micromégas) : . . . . . . . . . . . . .
**b.** « [...] la ville d'Issoire, en Auvergne, ville fameuse dans tout l'univers » (Jeannot et Colin) : . . . . . . . . . . . . .
**c.** Le livre de Micromégas comporte des « propositions suspectes, malsonnantes, téméraires, hérétiques, sentant l'hérésie » (Micromégas) : . . . . . . . . . . . . .
**d.** Les Terriens sont « un assemblage de fous, de méchants de malheureux » (Micromégas) : . . . . . . . . . . . . .

**3** Choisis deux des citations ci-dessus et explique ce que Voltaire dénonce ou raille.

## La complicité avec le lecteur

**4** Explique les sous-entendus suivants.
**a.** « Jeannot plut à madame ; la femme de Jeannot plut à monsieur. » (Jeannot et Colin)
**b.** « Il s'en moqua un peu d'abord avec ses gens, à peu près comme un musicien italien se met à rire de la musique de Lulli quand il vient en France. » (Micromégas)
**c.** « Jeannot et Colin étaient fort jolis pour des Auvergnats ». (Jeannot et Colin)

## La satire* du fanatisme religieux

**5** Dans les deux contes, quels sont les termes qui désignent les hommes d'Église ? Qu'est-ce que Voltaire dit :
- sur la moralité des prêtres (*Jeannot et Colin*, lignes 226-239) ?
- sur l'aumônier (*Micromégas*, chapitre sixième en entier) ?

**6** À ton avis, que pense Voltaire des hommes d'Église ? Ses idées sont-elles formulées directement ?

## Faire le bilan

**7** Explique à quoi sert l'ironie et pourquoi, selon toi, Voltaire l'utilise autant, en complétant les phrases à l'aide des mots suivants : *amuse, des philosophes, se moquer, le lecteur, le contraire, à faire semblant, s'interroger, fausse, les abus, connivence, entendu.*

**a.** L'ironie est une manière de railler, de . . . . . . . . . . . . ., qui consiste . . . . . . . . . . . . . de croire vraie une proposition manifestement . . . . . . . . . . .
**b.** Voltaire utilise beaucoup l'ironie, notamment dans ses figures de style. Elle peut prendre la forme de l'antiphrase (le narrateur dit . . . . . . . . . . . . de ce qu'il pense), de l'exagération, du sous-. . . . . . . . . . . . .
**c.** L'ironie ne peut fonctionner que sur une complicité entre l'auteur et . . . . . . . . . . . . . Ce dernier doit . . . . . . . . . . . . . sur le sens réel des propos et sur les intentions de l'auteur.
**d.** Elle est le procédé favori . . . . . . . . . . . . . du XVIII$^{e}$ siècle pour dénoncer leur époque. Elle est une arme et à ce titre elle vise une cible, elle déprécie l'adversaire sous couvert de faire son éloge, elle . . . . . . . . . . . . . le lecteur par la raillerie, et elle sollicite sa . . . . . . . . . . . . .

## À toi de jouer

**8** Dans un des deux contes, choisis un passage que tu trouves particulièrement moqueur, apprends-le et récite-le devant tes camarades en en faisant ressortir l'ironie. Le texte doit faire au moins dix lignes pour que l'exercice soit intéressant.

**9** Avec un camarade, amuse-toi à écrire des antithèses : chacun à votre tour, dites un mot, l'autre devant trouver son antonyme. Essayez ensuite d'écrire des phrases englobant les deux mots : c'est une antithèse.

# L'exotisme oriental : groupement de documents

**OBJECTIF :** Comparer plusieurs documents sur le thème de l'exotisme oriental.

**DOCUMENT 1** MONTESQUIEU, *Les Lettres persanes,* 1721, Lettre XXIV (extrait)

*Deux jeunes Persans, Uzbec et Rica, au cours d'un voyage en Europe, séjournent à Paris. À travers leur correspondance, ils dépeignent d'un œil faussement naïf les mœurs, les conditions et la vie de la société française. La lettre XXIV traduit les premières impressions de Rica à Paris.*

Rica à Ibben, à Smyrne[1]

[...] Paris est aussi grand qu'Ispahan : les maisons y sont si hautes, qu'on jugerait qu'elles ne sont habitées que par des astrologues. Tu juges bien qu'une ville bâtie en l'air, qui a six ou sept maisons les unes sur les autres, est extrêmement peuplée ; et que, quand tout le monde est descendu dans la rue, il s'y fait un bel embarras.

Tu ne le croirais pas peut-être, depuis un mois que je suis ici, je n'y ai encore vu marcher personne. Il n'y a pas de gens au monde qui tirent mieux partie de leur machine que les Français ; ils courent, ils volent : les voitures lentes d'Asie, le pas réglé de nos chameaux, les feraient tomber en syncope. Pour moi, qui ne suis point fait à ce train, et qui vais souvent à pied sans changer d'allure, j'enrage quelquefois comme un chrétien : car encore passe qu'on m'éclabousse depuis les pieds jusqu'à la tête ; mais je ne puis pardonner les coups de coude que je reçois régulièrement et périodiquement. Un homme qui vient après moi et qui me passe me fait faire un demi-tour ; et un autre qui me croise de l'autre côté me remet soudain où le premier m'avait pris ; et je n'ai pas fait cent pas, que je suis plus brisé que si j'avais fait dix lieues.

Ne crois pas que je puisse, quant à présent, te parler à fond des mœurs et des coutumes européennes : je n'en ai moi-même qu'une légère idée, et je n'ai eu à peine que le temps de m'étonner.

Le roi de France est le plus puissant prince de l'Europe. Il n'a point de mines d'or comme le roi d'Espagne son voisin ; mais il a plus de richesses

1. **Smyrne** : l'actuelle Izmir en Turquie.

que lui, parce qu'il les tire de la vanité de ses sujets, plus inépuisable que les mines. On lui a vu entreprendre ou soutenir de grandes guerres, n'ayant d'autres fonds que des titres d'honneur[1] à vendre ; et, par un prodige de l'orgueil humain, ses troupes se trouvaient payées, ses places munies, et ses flottes équipées. D'ailleurs ce roi est un grand magicien : il exerce son empire sur l'esprit même de ses sujets ; il les fait penser comme il veut. S'il n'a qu'un million d'écus dans son trésor et qu'il en ait besoin de deux, il n'a qu'à leur persuader qu'un écu en vaut deux, et il le croient. S'il a une guerre difficile à soutenir, et qu'il n'ait point d'argent, il n'a qu'à leur mettre dans la tête qu'un morceau de papier est de l'argent, et ils en sont aussitôt convaincus. Il va même jusqu'à leur faire croire qu'il les guérit de toutes sortes de maux en les touchant[2], tant est grande la force et la puissance qu'il a sur les esprits. [...]

*De Paris, le 4 de la lune de Rebiab 2*[3]*, 1712.*

1. **Titres d'honneur** : charges honorifiques.
2. Lors du sacre, le roi de France recevait le don de guérir les écrouelles (maladie de peau) par le toucher.
3. **Rebiab 2** : juin.

**DOCUMENT 2** VOLTAIRE, *De l'horrible danger de la lecture*, 1765

*Dans ce pamphlet**, en même temps qu'il critique la censure, Voltaire dénonce le despotisme et l'obscurantisme du pouvoir politique. Parallèlement, il plaide en faveur d'une large diffusion des idées.*

Nous Joussouf Chéribi, par la grâce de Dieu mouphti du Saint-Empire ottoman, lumière des lumières, élu entre les élus, à tous les fidèles qui ces présentes verront, sottise et bénédiction.

Comme ainsi soit que Saïd Effendi, ci-devant ambassadeur de la Sublime Porte[1] vers un petit État nommé Frankrom, situé entre l'Espagne et l'Italie, a rapporté parmi nous le pernicieux usage de l'imprimerie, ayant consulté sur cette nouveauté nos vénérables frères les cadis et imans[2] de la ville impériale

1. **Sublime Porte** : ancien nom du gouvernement turc.
2. **Cadis** : magistrats musulmans ; **imams** : dirigeants religieux en islam.

de Stamboul[1], et surtout les fakirs connus pour leur zèle contre l'esprit, il a semblé bon à Mahomet et à nous de condamner, proscrire, anathématiser ladite infernale invention de l'imprimerie, pour les causes ci-dessous énoncées :

1. Cette facilité de communiquer ses pensées tend évidemment à dissiper l'ignorance, qui est la gardienne et la sauvegarde des États bien policés.

2. Il est à craindre que, parmi les livres apportés d'Occident, il ne s'en trouve quelques-uns sur l'agriculture et sur les moyens de perfectionner les arts mécaniques, lesquels ouvrages pourraient à la longue, ce qu'à Dieu ne plaise, réveiller le génie de nos cultivateurs et de nos manufacturiers, exciter leur industrie, augmenter leurs richesses, et leur inspirer un jour quelque élévation d'âme, quelque amour du bien public, sentiments absolument opposés à la sainte doctrine.

3. Il arriverait à la fin que nous aurions des livres d'histoire dégagés du merveilleux qui entretient la nation dans une heureuse stupidité. On aurait dans ces livres l'imprudence de rendre justice aux bonnes et aux mauvaises actions, et de recommander l'équité et l'amour de la patrie, ce qui est visiblement contraire aux droits de notre place.

4. Il se pourrait, dans la suite des temps, que de misérables philosophes, sous le prétexte spécieux, mais punissable, d'éclairer les hommes et de les rendre meilleurs, viendraient nous enseigner des vertus dangereuses dont le peuple ne doit jamais avoir de connaissance.

5. Ils pourraient, en augmentant le respect qu'ils ont pour Dieu, et en imprimant scandaleusement qu'il remplit tout de sa présence, diminuer le nombre des pèlerins de La Mecque, au grand détriment du salut des âmes.

6. Il arriverait sans doute qu'à force de lire les auteurs occidentaux qui ont traité des maladies contagieuses, et de la manière de les prévenir, nous serions assez malheureux pour nous garantir de la peste, ce qui serait un attentat énorme contre les ordres de la Providence.

À ces causes et autres, pour l'édification des fidèles et pour le bien de leurs âmes, nous leur défendons de jamais lire aucun livre, sous peine de damnation éternelle. Et, de peur que la tentation diabolique ne leur prenne de s'instruire, nous défendons aux pères et aux mères d'enseigner à lire à leurs enfants. Et, pour prévenir toute contravention à notre ordonnance,

1. **Stamboul** : Istambul.

nous leur défendons expressément de penser, sous les mêmes peines ; enjoignons à tous les vrais croyants de dénoncer à notre officialité, quiconque aurait prononcé quatre phrases liées ensemble, desquelles on pourrait inférer un sens clair et net. Ordonnons que dans toutes les conversations on ait à se servir de termes qui ne signifient rien, selon l'ancien usage de la Sublime Porte.

Donné dans notre palais de la stupidité, le 7 de la lune de Muharem[1], l'an 1143 de l'hégire[2].

1. **Muharem** : premier mois du calendrier musulman. Le 7 de la lune de Muharem correspond au 23 juillet 1730.
2. L'**hégire** désigne l'« expatriation » de Mahomet qui en 622 quitte La Mecque pour Médine. L'année de l'hégire a été choisie comme point de départ du calendrier musulman.

## As-tu bien lu ?

**1** Document 1 : qui écrit ? D'où écrit-il ? À qui et où écrit-il ?

**2** Document 2 : qui écrit ? Où et quand écrit-il ?

## Des situations comparables : le décor oriental

**3** Relève les mots qui permettent à l'auteur d'installer un décor exotique : noms propres, noms de lieu, dates, expressions, coutumes...

**4** Les lieux évoqués sont-ils réels ou imaginaires ? Les auteurs font-ils des références au réel de leur époque ?

## Les critiques sur la société française

**5** Quels termes montrent l'étonnement des Persans (document 1) ?

**6** Qu'est-ce qui étonne les Persans et constitue une critique de la vie parisienne ?

**7** Qu'est-ce qui constitue un motif d'étonnement dans la description du pouvoir royal ? Quelles sont les critiques formulées à son encontre ?

**8** L'auteur supposé du document 2, un religieux ottoman, condamne l'imprimerie. Il donne six arguments : retrouve-les.

**9** Sur quel aspect du caractère du religieux ottoman Voltaire insiste-t-il ?

**10** Qu'est-ce que Voltaire dénonce véritablement dans ce texte ?

**11** Pourquoi, selon toi, Montesquieu et Voltaire recourent-ils à des narrateurs orientaux pour diffuser leurs idées ?

**DOCUMENT 3** EUGÈNE DELACROIX (1798-1863), *Femmes d'Alger dans leur appartement,* 1834. Paris, musée du Louvre.

## Lire l'image : les clichés sur l'Orient

Les clichés sur l'Orient véhiculés dans les textes vont se retrouver dans la peinture. À toi de les retrouver.

**12** Quels éléments te permettent de situer le tableau (document 3) dans un décor oriental (personnages, costumes, intérieur...) ?

**13** Si Delacroix est le premier peintre européen à avoir peint, avec génie, un Orient différent, pourquoi certains auteurs peuvent-ils parler de « regard de pacotille et de bimbeloterie » (Rachid Boudjedra, *Peindre l'Orient*, Éditions Zulma, 1998) ?

**14** Fais une recherche pour déterminer le contexte dans lequel ce tableau a été réalisé : que se passait-il en Algérie en 1834 ? Ces événements sont-ils compatibles avec l'atmosphère du tableau ?

## À toi de jouer

**15** Rédige une fiche de lecture sur un conte extrait des *Mille et Une Nuits* (*Aladin et la lampe merveilleuse*, *Ali Baba et les Quarante Voleurs*, *Histoire de l'Envieux et de l'Envié*, *Sinbad le Marin*, *Conte du Pêcheur et du Démon*, *Histoire d'Ali Cogia*, *Histoire du prince Ahmed et de la fée Pari-Banou*, *Histoire d'Hassan le Cordier*...), puis fais-en une présentation orale à tes camarades.

*L'astronomie (ou science des astres et de la structure de l'univers) est la plus ancienne des sciences. Mais c'est seulement au XVIIIe siècle que l'astronomie moderne se met en place. Pour la première fois dans l'histoire de la discipline, il ne s'agit plus de percer les secrets de l'origine du monde mais d'explorer l'Univers pour savoir comment il est fait.*

# L'astronomie au XVIIIe siècle

# 1 Comment l'astronomie moderne est-elle apparue ?

***Dès l'aube de l'humanité, les hommes sont intrigués par les phénomènes célestes. Des peintures rupestres représentant des constellations ont été retrouvées dans des cavernes préhistoriques. On explique par des légendes les phénomènes du ciel qui paraissent étranges : l'alternance des jours et des nuits, le retour des saisons, les éclipses, les comètes…***

## • DU MYTHE À LA SCIENCE

Dans l'Antiquité, les astronomes et les philosophes grecs ont du mal à se détacher des mythes pour tenter de comprendre la nature et la structure de l'Univers. Pour eux, la Terre est un disque plat qui flotte sur l'eau. Quant à la Lune, au Soleil et aux étoiles, jusqu'au XVIe siècle, ils sont considérés comme des êtres divins. Au Moyen Âge, on pense que les anges font tourner les planètes et qu'au sommet du ciel réside un Dieu qui maintient en place le système. On pense également que la Terre, immobile, est au centre de l'Univers. Elle n'est pas une planète comme les autres, elle est le chef-d'œuvre de Dieu. Copernic (1473-1543) est le premier à dire que ce n'est pas la Terre qui est au centre de l'Univers, mais le Soleil : on passe du géocentrisme à l'héliocentrisme*. Ce nouveau modèle permet l'essor de l'astronomie au XVIIIe siècle.

## • UNE SCIENCE RATIONNELLE

Louis XIV joue un rôle déterminant dans le développement de l'astronomie en France. Il fonde l'Académie royale des sciences en 1666 et l'Observatoire de Paris en 1667. On y publiera des éphémérides*.

Être astronome devient une vraie profession. Chaque cour européenne a son observatoire et ses scientifiques payés par le roi. Les savants de cette époque s'intéressent à tous les domaines du savoir : la physique, les mathématiques, l'optique, l'astronomie, l'économie, la religion, l'histoire et même l'alchimie ou l'as-

* Dans le **modèle géocentrique**, la Terre est immobile au centre de l'univers, et les planètes tournent autour d'elle. Dans le **modèle héliocentrique**, le Soleil est le point immobile et central des mouvements planétaires, la Terre n'étant plus qu'une planète parmi d'autres.

trologie. Mais Colbert* interdit aux astronomes de l'Observatoire de pratiquer l'astrologie, alors considérée comme une fausse science. L'astronomie a pour but d'expliquer les déplacements observés dans le ciel. Les prédictions ne relèvent plus de la magie mais des mathématiques. Ainsi, l'astronome britannique Edmond Halley prévoit que la comète qu'il a observée en 1682 et qui porte son nom, reviendra en 1758, et sa prédiction se révèle juste.
C'est le triomphe de l'esprit rationnel et des mathématiciens.

*Carte du ciel représentée dans le système solaire de Ptolémée (vers 90-vers 168), XVIIe siècle. Londres, The British Library.*

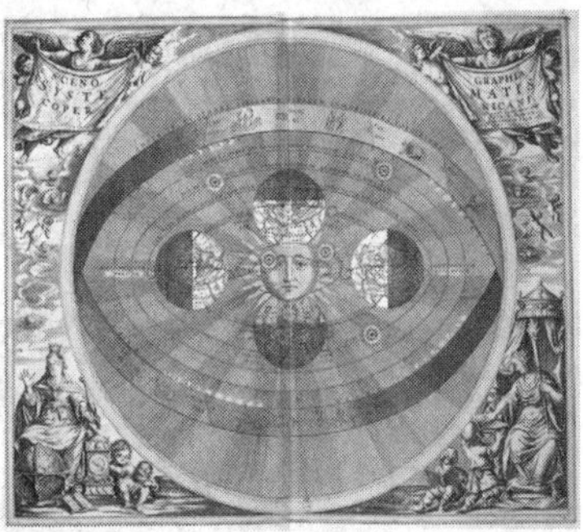

*Carte du ciel représentée dans le système solaire de Copernic (1473-1543), XVIIe siècle. Paris, BNF.*

## L'astrologie

Très tôt les hommes constatent l'existence de liens entre certains phénomènes célestes et terrestres, en particulier entre le déroulement des saisons et le parcours du zodiaque par le Soleil.
L'astrologie est l'introduction arbitraire d'une relation directe entre les phénomènes astronomiques observés et le déroulement de la vie humaine.
Or, si les astres exercent bien une influence physique sur certains phénomènes terrestres (marées, saisons) qui, à leur tour, influencent la vie sur terre, aucune loi connue ne permet de justifier l'influence supposée des planètes sur l'homme.

* **Éphémérides :** calendriers indiquant pour l'année à venir les phénomènes astronomiques.

* **Colbert** (1619-1683) : ministre de Louis XIV.

# 2 Quelles sont les découvertes en astronomie au XVIIIe siècle ?

***Au siècle des Lumières, les observations astronomiques deviennent de plus en plus précises et permettent de multiplier les découvertes. Les astronomes se posent des questions simples mais essentielles qui vont faire progresser la science. Des expéditions scientifiques sont organisées pour réaliser des observations astronomiques et pour mesurer la Terre.***

## ● LA DÉCOUVERTE DE NEWTON

Pourquoi la Lune ne tombe-t-elle pas comme une pomme ?
Selon la légende, c'est après avoir reçu une pomme sur la tête pendant qu'il rêvait sous un pommier au clair de lune, que Newton (1642-1727), mathématicien anglais, s'est demandé quelle force retient la Lune autour de la Terre. Cette réflexion l'amène à formuler la loi de la gravitation universelle*, qui explique le mouvement des planètes autour du Soleil et celui des satellites autour des planètes, ainsi que la pesanteur des corps à la surface de la Terre. Malgré ses nombreux détracteurs, Newton a eu beaucoup d'admirateurs, dont Voltaire a été l'un des plus fervents.

*Portrait du scientifique et mathématicien anglais Isaac Newton (1642-1727). Gravure vers 1880.*

* La **gravitation** ou **gravité** est le phénomène par lequel deux corps s'attirent proportionnellement à leurs masses et à l'inverse du carré de leur distance. C'est grâce à la force d'attraction terrestre que nous avons les pieds sur terre.

La Terre est-elle aplatie à ses pôles comme un pamplemousse ?
Selon la loi de Newton, la réponse devrait être positive puisque l'accélération de la pesanteur est différente aux pôles et à l'équateur. Or jusqu'alors on croyait que la Terre était ronde comme une orange. Voilà pourquoi, en 1735, l'Académie des sciences, soucieuse de trancher ce délicat problème, envoie au Pérou une mission scientifique pour mesurer la valeur d'un degré de méridien à l'équateur et une autre en Laponie pour effectuer la même mesure au pôle Nord.

## Uranie

Dans la mythologie grecque, Uranie, fille de Zeus, est la muse de l'astronomie. Elle a pour attributs un globe céleste et un compas. En dévoilant les secrets du ciel, des éclipses et des phases de la Lune, Uranie élève les pensées de l'homme au-dessus de sa condition terrestre, et délivre l'harmonie et la paix.

### ● LE CATALOGUE DES ÉTOILES

L'astronome anglais William Herschel (1738-1822) et sa sœur Caroline, tous deux grands astronomes mais aussi fabricants de télescopes et musiciens, se donnent pour mission de compter les étoiles afin de déterminer leur distribution dans l'univers et de dresser une carte de la voie lactée. C'est ainsi qu'ils découvrent une nouvelle planète : Uranus.

*Herschel découvre Uranus. Gravure sur bois extraite de : Camille Flammarion,* Astronomie populaire, *livre VI, Paris, 1884.*

## Le chasseur de comètes

La recherche de nouvelles comètes est considérée comme un domaine de pointe. Caroline Herschel en découvre 8 ; Charles Messier (1730-1817), surnommé le « furet des comètes » par Louis XV, en découvre 16 et réalise un catalogue de 300 objets non stellaires, connu encore de nos jours sous le nom de *Catalogue Messier*.

### ● LES VOYAGES SCIENTIFIQUES

Sous l'influence des Lumières, de multiples expéditions scientifiques sont conduites entre 1750 et 1850. Leur objectif est d'explorer des terres inconnues et de dresser des inventaires du monde connu. Les astronomes font toujours partie du voyage. Ces expéditions renforcent évidemment le prestige des souverains qui les commanditent.
Au milieu du siècle, la première mission purement astronomique rapporte du cap de Bonne-Espérance une carte du ciel austral, c'est-à-dire des étoiles vues de l'hémisphère Sud (les habitants de l'hémisphère Nord ne voient que les étoiles du ciel boréal). En 1766, Bougainville embarque avec un cartographe, un astronome et un naturaliste pour le premier voyage scientifique français autour du monde à la recherche du continent austral, en vain. Cependant, le navigateur débarque à Tahiti et prend possession de l'île au nom du roi de France, Louis XV. Son voyage ne déclenche pas l'enthousiasme. On reproche au navigateur de ne pas avoir fait de véritable découverte*.

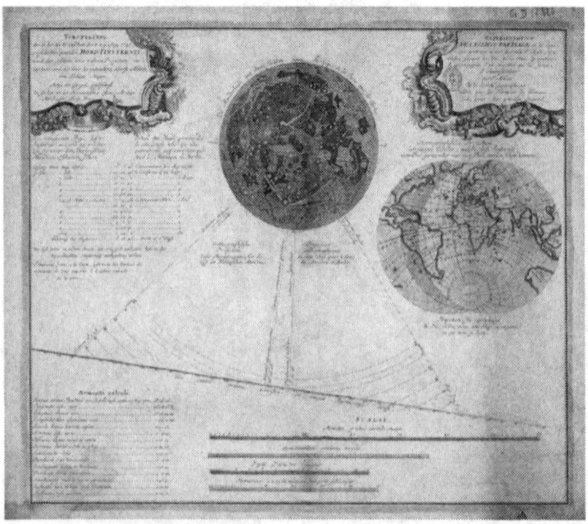

*J. T. Mayer, carte de la lune, 1748. Paris, BNF.*

* En effet, **Tahiti** avait déjà été découverte par l'Espagnol Quiros au XVII^e siècle et, comme le précise Bougainville lui-même dans son récit (*Voyage autour du monde*, 1771), l'Anglais Wallis y avait accosté quelques mois avant lui.

# 3 Quels outils utilise-t-on pour découvrir le ciel ?

***On ne peut voir à l'œil nu que la Lune, le Soleil, quelques milliers d'étoiles et parfois une comète. Les astronomes améliorent cette vision avec des instruments d'observation. Au XVIII$^e$ siècle, de nombreux observatoires sont créés pour poursuivre les recherches sur le ciel et faire des mesures sur la Terre.***

## ● LES LUNETTES

Les premières lunettes d'observation sont fabriquées par Galilée en 1609. Même si elles présentent des défauts, elles permettent de multiplier par 25 la visibilité du ciel.

Le principe en est simple : une lentille objectif collecte la lumière sur une surface plus grande que l'œil et forme une image des astres. Une bonne loupe permet d'étudier dans le détail cette image.

*L'astronome allemand Hévélius (1611-1687) observe le ciel avec un télescope. Gravure de 1647. Paris, BNF.*

## ● LE TÉLESCOPE

Les astronomes anglais, tel Edmond Halley, apportent deux améliorations décisives aux lunettes : le cristal à base de plomb, qui rend la vision parfaite, et l'utilisation de miroirs paraboliques à la place des lentilles : c'est la naissance du télescope. Les chances de déceler des objets lointains augmentent. L'exploration du système solaire va pouvoir devenir de plus en plus précise.

En astronomie, la taille fait la loi. Plus le miroir est grand, meilleures sont les performances d'un télescope. On augmente donc la longueur des télescopes, en construisant des instruments de plus en plus grands, mais aussi de plus en plus encombrants et donc peu maniables.

## LE RÔLE DES MATHÉMATIQUES

L'astronomie est entrée dans l'ère des mathématiques dès le XVII^e^ siècle. Grâce à ses calculs, le savant est désormais capable d'arpenter le système solaire et de déterminer des distances considérables sans même avoir besoin d'observer quoi que ce soit.

Au XVII^e^ siècle, il est déjà possible d'évaluer avec justesse les dimensions du système solaire. La distance de la Terre au Soleil est alors estimée à 140 millions de km. Ce qui n'est pas loin de la vérité, puisque, aujourd'hui, avec nos instruments de mesures perfectionnés, on sait que la distance moyenne de notre planète à son étoile est de 150 millions de km...

Le télescope de Galilée, XVII^e^ siècle.
Musée des sciences de Florence.

## Un marché fructueux

*Les astronomes fabriquaient eux-mêmes les outils dont ils avaient besoin. Newton est l'auteur du premier télescope en 1672, Galilée, de la première lunette en 1609.*

*Herschel travaillait sur des télescopes de sa fabrication. Il polissait lui-même ses miroirs et les revendait aux autres astronomes mais également à des amateurs aussi prestigieux que le tsar de Russie, le roi d'Angleterre, le roi d'Espagne, ou l'empereur d'Autriche. Il avait réussi à tailler un miroir de 122 cm de diamètre qui pesait 960 kg.*

## Lunette et télescope

Les lunettes sont des instruments qui utilisent la réfraction :
la lumière passe à travers une lentille et se réfracte. Le télescope est un instrument de réflexion :
la lumière se réfléchit sur un miroir.

# 4 Comment explique-t-on le monde au XVIII$^{e}$ siècle ?

***À toutes les époques, dans toutes les civilisations et sous toutes les latitudes, l'homme s'est posé des questions sur la naissance du monde et sur sa place dans le cosmos : comment la Terre s'est-elle formée ? Comment la vie est-elle apparue ? Comment l'homme est-il né ? Quelle est sa place dans l'univers ?***

## ● UNE QUESTION IDÉOLOGIQUE

Jusqu'au XVIII$^{e}$ siècle, l'enjeu de ce questionnement n'est pas seulement scientifique, il est aussi idéologique. Le climat est souvent tendu entre l'astronomie et la théologie, surtout en ce qui concerne la cosmogonie*. Les religions ont des positions très tranchées sur le sujet : l'univers a été créé par Dieu et tout ce que l'homme a besoin de savoir se trouve dans les livres saints. Dans la Bible, par exemple, la Terre est décrite comme plate, posée sur une mer ; le ciel est comme un bol qui la recouvre, et le tout repose sur quatre piliers. Il y a une mer au-dessus du ciel : c'est pourquoi il pleut. Le Soleil, la Lune et les étoiles se déplacent autour de la Terre. Les responsables religieux sont extrêmement sévères avec ceux qui osent contredire la parole divine. Certains savants, comme Galilée*, sont obligés de désavouer publiquement leurs découvertes.

Galilée devant le tribunal de l'inquisition *(détail), peinture de Joseph Clerian, XIX$^{e}$ siècle. Aix-en-Provence, musée Granet.*

* La **cosmogonie** est un récit mythique, non rationnel, expliquant la formation du monde

* **Galilée** (1564-1642), savant et astronome italien, prend très tôt parti pour la théorie héliocentriste de Copernic : c'est le Soleil et non la Terre qui est au centre de l'univers, conception tout à fait contraire à l'enseignement de l'Église. Après son procès et sa condamnation, il se serait écrié : « Et pourtant elle tourne ! »

Au XVIIIe siècle, on évite toujours de se poser la question « pourquoi ? » et de trop contredire la Bible. Les grands savants refusent toute recherche sur la naissance du monde. Ils s'arrangent pour intégrer Dieu dans la description de l'univers : ainsi, pour Newton, la loi de gravitation est tellement merveilleuse qu'elle est obligatoirement l'œuvre d'un être tout-puissant. De même, il observe dans les mouvements des planètes des inégalités qui exigent une intervention divine régulière. Ou bien encore c'est Dieu qui a mis des distances immenses entre les étoiles pour éviter qu'elles ne tombent les unes sur les autres.

À la fin du siècle, l'esprit rationnel des Lumières permet à Kant et à Laplace* de démontrer, chacun dans son domaine, que des forces capables de régir l'ordre du monde sont aussi capables de le créer, et qu'il n'y a pas obligatoirement d'intervention divine à l'origine du monde.

*Frontispice de* Theoria motuum planetarum et cometarum *(1744) de Leonard Euler, où figurent le système solaire ainsi qu'un grand nombre d'étoiles avec leur propre système planétaire. Paris, BNF.*

## ● SOMMES-NOUS SEULS DANS L'UNIVERS ?

Si les lois physiques qui régissent notre système sont applicables partout et que les étoiles de type solaire sont nombreuses, alors, il est probable qu'existent d'autres systèmes planétaires que la Terre. Au siècle des Lumières, la pluralité des mondes suscite des discussions passionnées. Mais cette idée, bien qu'enthousiasmante pour les contemporains de Voltaire, froisse leur sentiment religieux. S'il existe d'autres êtres sur d'autres planètes, l'homme n'est donc plus au centre de l'univers. Se pose alors un problème encore plus grave, celui de la rédemption*, qui s'était déjà posé à propos des Indiens après la découverte de l'Amérique : comment l'homme qui n'a jamais été atteint par la parole de Dieu peut-il être sauvé ?

# 5 Quelles sont les avancées dans la cartographie et la navigation ?

***Au XVIIIe siècle, avec l'invention d'instruments de mesure performants comme les lunettes astronomiques ou les télescopes, il devient possible de mesurer les angles, de déterminer les latitudes et les longitudes ainsi que les altitudes, avec une précision auparavant inimaginable. Cela permet des avancées dans plusieurs domaines, notamment ceux de la cartographie et de la navigation.***

## • UNE SCIENCE STRATÉGIQUE

Les gouvernements vont prendre conscience de l'intérêt stratégique de l'astronomie qui permet de fournir l'heure et la position sur la surface de la Terre, et aussi de définir les contours exacts d'un pays et de mesurer les territoires. Il devient même possible, grâce à elle, de faire figurer les reliefs sur les cartes. La carte de France dite « de Cassini » doit son nom à une lignée d'astronomes et de géographes. Elle a été commandée par Louis XV, qui avait besoin d'une carte précise pour ses guerres.

## • UNE SCIENCE EN VOGUE

Le public cultivé se passionne pour la science et surtout pour ce qui a trait à des mondes inconnus. William Herschel s'installe à proximité du château des Windsor pour montrer le ciel au roi d'Angleterre et à sa famille. À Cirey*, Émilie du Châtelet et Voltaire, qui se passionnent pour la physique et l'astronomie, font installer des bibliothèques et un laboratoire scientifique. Mme du Châtelet traduit et commente les *Philosophiae naturalis principia mathematica**, œuvre maîtresse de Newton, et Voltaire rédige les *Éléments de la philosophie de Newton* afin de révéler aux Français les découvertes du grand savant qu'il avait rencontré en Angleterre.

Les *Entretiens sur la pluralité des mondes* de Fontenelle, publiés en français en 1686, connaissent un immense succès. Dans un jardin de Haute-Normandie, le soir, une jeune marquise et un narrateur féru d'astronomie parlent des étoiles. « Je suis savante ! » s'exclame finalement la jeune femme, convaincue par les arguments de son interlocuteur. Fontenelle servira de modèle de rédaction scientifique aux collaborateurs de l'*Encyclopédie*, de même qu'à l'astronome Jérôme de Lalande* qui, chaque soir, installé sur le Pont-Neuf à Paris, commente l'état du ciel aux passants.

## ● LA NAVIGATION

Les astronomes, membres de l'Académie des sciences de Paris, participent à des travaux entrepris pour améliorer la navigation et apporter des précisions aux cartes marines à partir de relevés astronomiques et de mesures d'angles.

Pour assurer la sécurité de la navigation, mais aussi la défense et l'aménagement des côtes françaises, Colbert avait fait constituer un grand atlas des cartes marines, qui est achevé en 1744.

La théorie de la gravité permet d'expliquer des phénomènes jusqu'alors incompris, comme les marées dues aux attractions du Soleil et de la Lune.

*Louis XVI (1754-1793) donnant ses instructions au comte de La Pérouse (navigateur, 1741-1788). À droite, le maréchal de Castries, secrétaire d'État à la Marine. Peinture de Monsiaux (1754-1834). Musée de Versailles.*

# Petit lexique littéraire

| | |
|---|---|
| ***Accumulation*** | Figure de style consistant à juxtaposer plusieurs termes pour créer un sentiment d'excès. |
| ***Antiphrase*** | Figure de style consistant à laisser entendre le contraire de ce qu'on dit ou écrit. L'antiphrase est l'un des procédés de l'ironie. |
| ***Antithèse*** | Figure de style qui consiste à rapprocher deux propositions aux significations opposées. |
| ***Champ lexical*** | Ensemble des mots qui se rapportent à une même réalité ou à une même idée. |
| ***Comparaison*** | La comparaison rapproche deux éléments qui ont au moins une caractéristique commune. Toutefois, dans Micromégas, Voltaire insiste particulièrement sur la notion de différence pour mettre en évidence la variété dans la nature et montrer que tout est une question de point de vue : tout est relatif. |
| ***Conte philosophique*** | Récit d'aventures dont l'objectif est de distraire mais aussi d'instruire et de faire réfléchir. |
| ***Hyperbole*** | Figure de style consistant à donner d'une idée ou d'une réalité une image exagérée. |
| ***Ironie*** | Caractéristique importante du style de Voltaire, l'ironie consiste à faire comprendre au lecteur que la véritable pensée de l'auteur est le contraire de ce qu'il dit. L'ironie exige un lecteur attentif et participatif. |
| ***Merveilleux*** | Dans une œuvre de fiction, intervention d'êtres et d'éléments surnaturels pour créer un univers féerique. |
| ***Parodie*** | Imitation dont l'objectif est de faire rire. |
| ***Périphrase*** | Figure de style consistant à utiliser plusieurs mots pour désigner ce qui pourrait l'être en un seul. |
| ***Philosophe*** | De l'Antiquité jusqu'au XIXe siècle, personne qui étudie rationnellement la nature, qui cherche la vérité et cultive la sagesse. |

| | |
|---|---|
| ***Lumières*** | Mouvement philosophique et littéraire du XVIIIe siècle, reposant sur la raison, l'expérience, le libre examen et la connaissance scientifique. Il remet en cause l'ordre établi, qu'il soit politique, social, ou religieux. |
| ***Pamphlet*** | Texte satirique court, auquel les auteurs du XVIIIe siècle ont fréquemment recours pour dénoncer un abus ou défendre une cause. |
| ***Point de vue (ou focalisation)*** | Correspond à la manière dont sont montrés les personnages, les objets et les actions. On distingue :<br>– le point de vue *omniscient* : le récit est à la 1re personne. Le narrateur semble tout savoir des personnages, même leurs pensées les plus secrètes ;<br>– le point de vue *interne* : le récit est à la 1re ou à la 3e personne. Le narrateur restreint la présentation des choses à la perception qu'en a le personnage. Il permet l'identification du lecteur ;<br>– le point de vue *externe* : le récit est à la 3e personne. Le narrateur est extérieur à l'histoire. |
| ***Relativisme*** | Théorie selon laquelle chaque chose dépend de l'idée qu'on s'en fait et que ce qui paraît vrai à un homme ne l'est pas forcément pour un autre. Remise en cause de l'idée que Dieu est absolu. |
| ***Satire*** | Discours qui s'attaque à quelque chose, à quelqu'un, en s'en moquant. |

# À lire et à voir

## ● AUTRES CONTES DE VOLTAIRE

*Zadig ou la Destinée,* 1747

Un jeune Babylonien croit tout avoir pour être heureux, mais le destin semble s'acharner sur lui. Cependant, il finit par devenir roi de Babylone;

*Candide ou l'Optimisme,* 1759

Le jeune Candide vit heureux et innocent en Westphalie, chez le baron de Thunder-ten-tronckh. Précepteur au château, Pangloss professe un optimisme béat : tout est pour le mieux dans le meilleur des mondes. Candide partage son avis mais, très vite, son existence ne va plus être qu'une suite de malheurs.

*La Princesse de Babylone,* 1768

Formosante, la princesse de Babylone, doit trouver un époux digne d'elle. Un vrai conte de princesse entre un Orient fabuleux et un Occident funeste, soumis à l'Inquisition.

## ● L'ENGAGEMENT DE VOLTAIRE

*Traité sur la tolérance,* 1763

À Toulouse, Jean Calas est accusé d'avoir assassiné son fils pour l'empêcher de se convertir au catholicisme. Il sera rompu vif sur la roue. Après enquête, Voltaire, convaincu de l'innocence de Calas, obtiendra sa réhabilitation. C'est aussi un plaidoyer pour la paix et la tolérance.

## ● DES LIVRES ET DES FILMS SUR LE THÈME DU VOYAGE DANS L'ESPACE

Francis Godwin
*L'Homme dans la Lune,* 1638

Le héros, au moyen d'un attelage de son invention, parvient à atteindre la Lune où il séjourne pendant deux ans.

Cyrano de Bergerac
*États et Empires de la Lune,* 1657

Un des premiers romans de science-fiction. Récit à la première personne d'un voyage dans la Lune, c'est-à-dire au paradis terrestre dont, bien sûr, le héros est très vite chassé pour irréligion.

Jonathan Swift
*Les Voyages de Gulliver,* 1726

Gulliver, après un naufrage, se retrouve sur l'île de Lilliput, dont les habitants mesurent environ 15 cm.

Jules Verne
*Voyage au centre de la Terre,* 1864

Un savant entreprend un voyage vers le centre de la Terre en y entrant par un volcan éteint.

Jules Verne
*De la Terre à la Lune,* 1865

Le héros imagine un obus lancé par un canon géant pour atteindre la Lune.

H. G. Wells,
*La Machine à explorer le temps,* 1895

Le héros, l'« Explorateur du temps », construit une machine qui lui permet de se déplacer dans le temps. Son premier voyage le conduit en l'an 802 701 de notre ère.

H. G. Wells
*Les Premiers Hommes dans la Lune,* 1901

Un scientifique parvient à réaliser un astronef avec lequel il se rend sur la Lune où vit toute une civilisation souterraine.

*Le Voyage de Gulliver à Lilliput et chez les géants*
Film muet de Georges Méliès (1902)

Première adaptation au cinéma du livre de Swift.

*Les Voyages de Gulliver (Gulliver's Travels)* [1996]

Téléfilm britannique en trois parties, qui est actuellement l'adaptation filmée la plus complète et la plus fidèle de l'œuvre de Swift.

*Voyage au centre de la Terre*
Film de Henry Levin (1960)

Film fantastique adapté du roman éponyme de Jules Verne, qui raconte une expédition dans les profondeurs de la Terre à la recherche d'un savant disparu.

*2001, Odyssée de l'espace*
Film de Stanley Kubrick (1968)

En 2001, le vaisseau spatial Discovery 1 est en route vers Jupiter avec, à son bord, l'ordinateur HAL 9000. Très vite, c'est l'ordinateur qui prend le dessus...

# Table des illustrations

**Iconographie** : Hatier Illustration
**Principe de maquette** : Marie-Astrid Bailly-Maître & Sterenn Heudiard
**Suivi éditorial** : Luce Camus
**Illustrations intérieures** : Carole Xénard
**Mise en page** : CGI

Achevé d'imprimer par Grafica Veneta à Trebaseleghe - Italie
Dépôt légal n° 93976- I/02 - Août 2012